Quart*buch*

Ein berühmter italienischer Renaissance-Maler und Architekt verläßt am Ende seines Lebens Italien und reist – wie Leonardo da Vinci – mit einigen Schülern nach Frankreich, an die Loire. Er ist vom König eingeladen worden und soll ein Schloß bauen.
Am Ziel angekommen, gibt man ihm eine Dienerin. Die fast wortlose Beziehung zwischen dieser rätselhaften Frau und ihrem Herrn steht im Mittelpunkt der Geschichte.
Michèle Desbordes erzählt davon in einer Prosa, die Effekte und Gefühle meidet. Sie führt in eine Stadt am Fluß mit ein paar Häusern, einem Schloß, einer Brücke, ein Ort in der Unendlichkeit der Wälder. Spärlich kommen Nachrichten den Fluß entlang, im Ablauf der Jahreszeiten, der langsamen, manchmal stillstehenden Zeit, die vergeht wie das Leben der Menschen. Am Ende dieser wie ein Bild komponierten Geschichte steht eine überraschende Bitte.

Michèle Desbordes' Erzählung wurde in Frankreich für den Prix Goncourt nominiert und erhielt den Prix France Télévision sowie den Prix Jean Giono.

»Lesen Sie dieses Buch, warten Sie nicht länger, und lassen Sie die Wörter an sich vorüberziehen. Mehr sollte man dazu nicht sagen.«

Patrick Kéchichian, *Le Monde*

Michèle Desbordes

Die Bitte

GESCHICHTE

Aus dem Französischen
von Barbara Heber-Schärer

Verlag Klaus Wagenbach Berlin

Er wußte von ihr, daß sie Tassine hieß und aus der Gegend stammte, ihr Alter hätte er nicht bestimmen können, noch weniger, ob sie schön war oder nicht, er schaute sie aufmerksam an, mit einem geistesabwesenden Ausdruck; er sah sie an, ohne sie zu sehen, dachte sie schließlich, und dann sah sie sein Gesicht sich beleben, ein vages Lächeln auf seinen Lippen erscheinen. Eine Bewegung zu ihr hin. Ob Interesse oder schlichte Höflichkeit hätte sie nicht sagen können. Da lächelte auch sie.

Wind kam auf und eine Wolke schob sich vor die Sonne, die Felsen und das Grün der großen Eiben verdunkelnd. Mit einer langsamen Bewegung deutete sie auf Garten und Haus, dann schritt sie ihm auf der großen Treppe voran. Das war alles an diesem Tag im Landsitz von Clan, und er war müde von der langen Reise.

Das letzte Land

Sie waren über die Hügel gekommen, auf der Straße, die nach den letzten Dörfern und den Weinbergen wieder auf den Fluß traf, von weitem hatten sie die grauen Dächer gesehen und den Felskamm und weiter unten, zwischen den Weiden, Angler auf einem Kahn. Auf schmalen Pfaden und durch Gestrüpp waren sie den Fluß entlanggeritten, langsam, sie ließen ihre Pferde Schritt gehen, sie betrachteten das klare, fast blaue Wasser in der Sonne und die unendliche Ebene auf der anderen Seite des Flusses. Es war Sonntagmorgen, und im Aprilhimmel, in dem frischen Wind, der die Wolken zum Meer jagte, läuteten fröhlich die Glocken. Leute aus dem Dorf führten ihre Tiere zum Ufer. Hinter sich, von der Sologne her, hörten sie das Gebell einer Meute.

Fünf waren sie auf ihren Pferden, dem jüngsten, kaum zwanzig, fielen Locken bis auf die Schultern, der älteste schien alterslos, vielleicht war er schon ein Greis, dessen Schönheit noch immer den Blick auf sich zog, die hellen Augen in dem sonnenverbrannten Gesicht, die aufrechte, schlanke Gestalt unter dem pelzgefütterten braunen Tuchmantel. Wer sie genau betrachtete, hätte ihnen angesehen, daß sie eine lange Reise hinter sich hatten, Müdigkeit zeichnete die Gesichter und vielleicht auch Unruhe, Verwirrung – die Unruhe und Verwirrung von Fremden, die von weit her kommen.

Bald hielten sie an und betrachteten das Land ringsum, nach dem Wald schien es unendlich, wie der Himmel über den Hügeln und auf der anderen Seite des Flusses den Ebenen zu, der Greis zeigte es ihnen wortlos, mit einer weit ausholenden Geste, vielleicht dachten sie an die lombardische Ebene und an die Farben des Himmels abends über dem Po, es war nicht die Stunde für

Worte, sie schwiegen, die Schüler und der Diener, sie warteten auf den Pferden, der Greis begriff, er hatte selbst nichts zu sagen und würde nichts sagen, weder über die Müdigkeit noch über die schwierigen Tage, die sie durchgemacht hatten, den so langen Weg ins Exil, die dreiundsiebzig Tage zu Pferd in Regen und Kälte der Berge.

Sie hatten gewartet, bis die härteste Zeit des Winters vorbei war, und waren erst im Februar aufgebrochen, ohne Eskorte oder Wagen bis Lyon, so hatte er es beschlossen. In diesem Jahr hatte ein eisiger Wind von den Gipfeln geweht, in den ersten Tagen von Mailand bis zum Paß des Mont Genèvre waren sie voller Mut und hatten es, trotz ihrer Angst, eilig, in die Berge zu kommen, er wohl noch mehr als die anderen, es war vor den großen Regenfällen, sie ließen die Pferde in leichtem Trab gehen, trödelten abends in den Herbergen mit den Maultiertreibern herum, während sie die Gurte lösten und die erschöpften Tiere herumführten, ihnen Mäuler und Brust wuschen, glücklich, am Rastplatz angekommen zu sein, scherzten sie noch und blieben eine Weile unten, in den Höfen, bevor sie sich ans Feuer setzten, um mit Händlern, Pilgern und mit Dienern zu Abend zu essen, die die Pferde ihrer Herren nach Turin und Genf brachten, sie sprachen von den Berggipfeln und dem Winter, der nicht enden wollte, von schwierigen Wegen und erschöpften Tieren, von den mailändischen Frauen, den schönsten in ganz Italien.

Bald hatte es angefangen zu regnen und drei Wochen lang nicht mehr aufgehört, die Pferde, am Ende ihrer Kräfte, verweigerten Wasser und Nahrung, sie beobachteten die geschwollenen Lider und die traurigen Augen, sie gaben Salz in die erste Metze Ha-

fer und wuschen die heißen Mäuler mit Essig, sie beobachteten die Tiere, lauerten ängstlich auf den Moment, wo sie ausschlügen oder mit den Nüstern am Boden schnupperten, alles wurde Gefahr, und manchmal kam es ihnen vor, als lungere der Tod herum und lauere auf die Menschen, die Tiere und die Welt um sie herum. In Wahrheit war die Traurigkeit da, selbst wenn an manchen Tagen die milde Luft oder der blaue Himmel etwas anderes sagten. Sie hatten mit ihm die Heimat verlassen, sie wußten nicht, für wie lang, der Greis sagte, daß er nicht zurückkehren werde, er werde bei den Fremden sterben, abends in der Herberge blieben sie für sich und aßen wortlos, dachten nur an den Moment, schlafen zu gehen, kümmerten sich weder um Wein noch Kammermägde, stiegen dreckig und erschöpft mit ihren Laken, Decken und Fellen, die sie auf die Federn legten, in die Zimmer hinauf, man gab ihnen das neue Zimmer, das weiße Zimmer oder das Zimmer Sainte-Catherine, und sie sanken auf die Betten, ohne ein Wort, nicht einmal mehr einen Blick miteinander zu wechseln.

Als sich auf einem Felspfad zwei Pferde verletzten, hatten sie sich von ihnen trennen müssen, den Sizilianer hatten sie zurücklassen müssen, den sie seit bald sieben Jahren hatten, und den Rappen, den Borgia ihnen geschenkt hatte, die robusteren Maultiere trugen die Kisten, alles was der Greis an transportablen Gütern besaß, und die drei Gemälde, von denen er sich nicht mehr trennte, ebenso wie die Sänfte, in der er zuweilen Platz nahm, nach der Maurienne gab er es einige Male auf, aufs Pferd zu steigen, es war kalt und er fühlte sich elend.

Er würde nicht wiederkommen, er würde den Weg nicht noch einmal machen, die dreiundsiebzig Tage in Regen und Kälte der Berge, wo sie vor drohenden Unwettern in Hütten oder Kapellen Schutz suchten, und die Abende, wo sie, im Nebel verirrt, nichts fanden, unter dem hastig aufgebauten Zelt in Mäntel und seidene Decken gehüllt auf dem Boden schliefen, wenn sie nicht die Nacht damit zubrachten, auf den Schlaf zu warten, der nicht kam. Dreiundsiebzig Tage lang hatten sie zu Pferde gelebt, zu Pferde gedacht, gelitten, die Welt betrachtet, waren nur abgestiegen, um zu essen, ihre Notdurft zu verrichten und zu schlafen und, wenn ihre Füße zu Eis wurden, zu laufen, um das Blut zu erwärmen, jeden Augenblick in der Ungewißheit, was der nächste bringen würde, wenn nicht den schnell vertrauten Rhythmus von Mut und Erschöpfung und das Elend, die Kälte und Nässe des Hochgebirges zu spüren und sich sagen zu müssen, daß sie am Morgen, kaum erholt, wieder in Regen und Nebel aufbrechen würden, daß sie fortgingen, fortgingen.

Und das Elend war gewiß noch größer, wenn sie an die Tage davor dachten, an die Abschiede, die Gesichter, die sie nicht wiedersehen würden, die Städte und Hügel der Toskana, in der letzten Zeit hatten sich Blicke gesucht und schnell wieder abgewendet, manchmal wurde sogar gescherzt und gelacht, Abreisen und Trennungen waren nichts Neues, immer schon hatte man fortgemußt, um sich anderswo neue Herren zu suchen, er war mit den Schülern durch ganz Italien geritten, hatte alle Fürstenhöfe kennengelernt und alles, was das Land an Herren zählte, Fresken für ihre Kirchen und Porträts der Frauen gemalt, die sie liebten, sich Arkaden und Säulen für ihre Paläste ausgedacht, Kostüme und Livreen für ihre Hochzeiten, nicht zu reden von den Kanonen und Büchsen und den Befestigungsanlagen gegen den Feind, als die Kriege gekommen waren, manchmal starben die Gönner oder der Körper verzehrte sich in Fieber und Forschungen, in neuen Traurigkeiten, das Leben löste sich auf. Bis zum Schwindel, bis zur Bitterkeit – und dann, in den schlimm-

sten Augenblicken, mußte ihn auch noch ein fremder König rufen und bitten, in seinen Dienst zu treten, an seinem Hof in Mailand und dann in Frankreich, und jedes Mal, das er ihn bat, hatte er, der Maler-Bildhauer-Architekt-Ingenieur, obwohl man ihm fürstliche Wohnung und Lohn versprach, darum besorgt, für die letzten Jahre die richtige Entscheidung zu treffen, die Bitte überhört und damit, ohne Berechnung oder Stolz, das königliche Verlangen geschürt, schließlich hatte er eingewilligt und den fremden König, der Einkommen, Landsitz und Dienstboten versprach, wissen lassen, er nehme die großzügige Einladung für sich und seine Schüler an und werde sein Bestes tun, um ihn zufriedenzustellen.

Mitte April war der Himmel aufgeklart, sie hatten zwischen den Wolken Fetzen von Blau auftauchen sehen, vom Regen reingewaschen, sie allein hatten ihnen wieder Mut eingeflößt, nach den Gipfeln und Schluchten kamen sie jetzt in flacheres Land, Tag für Tag sahen sie Herden aus den Ställen kommen, hie und da tauchte auf einem Hügel ein Weinberg auf oder auf einer Bergflanke Maulbeerbäume. Am letzten Abend im Tal der Arve hatten sie Rebhühner und Huhn mit Sellerie gegessen, dann Apfel im Teigmantel, und alles mit einem Landwein begossen, der ihnen das Blut erwärmte, sie hatten gescherzt und die schweren Tage vergessen, die Hälfte der Reise war vorüber, sie hatten über die Kälte gesprochen, über die Pfade dicht am Abgrund und über die Männer, die mit ihren Heeren die Berge überquert hatten, Hannibal, der bis hierher gekommen war mit seinen afrikanischen Soldaten und Elefanten, die die sanften Savannen gewohnt waren, und wie die afrikanischen Soldaten, nachdem sie die vereisten Abhänge hinaufgeklettert waren, erschöpft, verzweifelt und ohne etwas von der Welt ringsum wahrzunehmen, sich auf den Boden gelegt hatten, einer nach dem an-

deren hatte sich im Schnee ausgestreckt. Hart. Kalt. Unbekannt. Über die Franzosen hatten sie gesprochen, die ihre italienischen Kronen zurückeroberten und die Berge auf ihren kleinen Pferden überquerten, unbekümmert um die Schluchten, über die sie Brücken warfen, drangen sie bis in die Ebenen von Saluzzo vor, mit den Gespannen und Kanonen und den Kurtisanen auf den Maultieren, Mädchen aus dem Limousin, die mit ihnen bis ans Ende der Welt ziehen und im Juni, in der Bucht von Neapel, eine nach der anderen an der Soldatenkrankheit sterben würden, schwitzend unter der Schminke und ihren vom langen Ritt schmutzigen Taftkleidern, den Kleidern Frankreichs, in denen sie über die Berge gekommen waren.

In Lyon waren sie erwartet worden, frische Pferde und ein Wagen, den der König ihm entgegengeschickt hatte, damit er sich darin ausruhe, sie verbrachten die Ostertage dort auf den Frühlingsmärkten, es wimmelte von Menschen und die Straßen waren voller Fremder, er wollte sich mit den Italienern der Stadt treffen, bei den Buchhändlern nach Büchern suchen, aber es waren so viele Leute unterwegs und die Straßen so dunkel und voll Unrat, daß er bald darum gebeten hatte, weiterzureisen. Nach dem Regen hatten sie von der Uferbefestigung der Saône aus ein letztes Mal nach Italien hin geschaut, dann waren sie weitergezogen über die Berge, durch die dunklen Täler, die zu dem anderen Fluß führten, in Roanne hatten sie die weißen Häuser und die Kähne mit flachen Böden gesehen, die bis nach Orléans fuhren, durch die Ebenen hatten sie in kleinen Tagesabschnitten Querwege genommen, um dem Wind auszuweichen, das hatte sie noch einmal Zeit gekostet, über Moulins und Bourges hatten sie die Sologne erreicht, das flache Land, die Wälder, Felder und Hanfäcker. Abends in Romorantin war die Sonne hervorgekommen und der Wald sanft in Farbe getaucht, die Bäume trieben ihre Blätter, das Licht flimmerte über dem ungewissen Saum des Hochwalds, einen Augenblick hatte er vergessen, wer er war und woher er kam, er betrachtete das neue Land, näherte sich dem Unbekannten.

Das Hochamt war zu Ende, von der Inselbrücke aus sahen sie die Kirche sich leeren, die Glocken läuteten noch lauter, begleiteten die Sonne und die Heiterkeit des blauen Himmels, sie schauten zum Palast hinauf, drei Männer zu Pferd erreichten über die Türme die Terrassen. Das Schloß lag breit auf dem Felsen, Galerien und Zinnen, Terrassen und lange Alleen, die Franzosen wollten die Schönheiten Neapels und Florenz' für sich, wollten sie dringlich und eilig, in ihrem Auftrag hatten Schloßbaumeister und Gärtner, Goldschmiede, Stukkateure und Alabastersteinmetze die Alpen überquert. Während die Wälder ringsum zu oberen und unteren Gärten, Blumenbeeten und Spalieren mit Birnbäumen, Süßkirschen und Maulbeerbäumen geworden waren, hatten unter dem Kommando der Italiener Handwerker und Maurer vom Flußufer die schönsten Häuser erbaut, die man im Land je gesehen hatte, auch nachts hatten sie gearbeitet, im Schein von Fackeln, und im Winter hatten sie Feuer angezündet, um die Steine aufzutauen.

Sie betrachteten das unter dem Himmel fast blau glitzernde Wasser, den stillen Fluß, wo die Könige Halt machten und ihre Häuser zu bauen befahlen, im Sommer die Sonne über dem Sand untergehen sahen, der so hell war wie am Meer, glückseliges Fließen inmitten des Landes, undenkbar anderswo als hier, wo das Maß erfunden schien, um Ordnung und Sicherheit zu schenken, um Chaos und Qual zu befrieden. Dörfer und freie Städte vergaßen die Kriege und die schweren Zeiten, die Soldaten, die auf ihren kleinen Pferden nach Italien ritten, wo sie im Winter bei Fackelschein in unbekannte Städte eindrangen und sich abends in den Zelten die neapolitanische Krankheit holten.

Die drei Reiter erreichten die Höhe des Palasts, sie sahen sie auf die Befestigungsmauern vordringen, Helme und Armbrüste glänzten in der Sonne. Er blickte zu Fanfoïa, Melzi und Salaï, den Schülern, und hinter ihnen auf die Maulesel, die Kisten und Gemälde trugen, er bat, auf der Straße bis zum Landsitz von Clan weiterzureiten. Sie ritten am Fuß der Befestigungsanlagen entlang und hielten links hinter der Kirche durch Gehölz auf den Felsen zu. In bleichen Nebel gehüllt, stieg die Sonne über den Fluß, bald erreichte sie, ein regloser, langgestreckter heller Fleck, den Kirchturm hinter ihnen. Es war kurz vor elf Uhr.

Die Bitte

Sie bemerkten sie kaum, als sie hereinkamen, sie wusch in den Höfen, lief mit Eimern und kurz ausgewrungener nasser Wäsche längs der Mauern hin und her, klein, ganz in Grau gekleidet, nur das Weiß der Haube glänzte, sie schüttete Wasser über die Pflastersteine und ging wieder zum Brunnen, während die Sonne am Himmel emporstieg und die Wipfel der Eichen erreichte. Sie hatte die Pferde auf dem Weg gehört und, als sie an den letzten Häusern vorbeiritten, das Gebell der Hunde hinter den Hausmauern, Stimmen näherten sich dem Haus, fremde, klangvolle Stimmen im hellen Frühlingshimmel, es ging auf Mittag zu. Sie erwartete sie seit langem, eigentlich jeden Tag erwartete sie sie, aus Lyon und Romorantin war die Nachricht gekommen, es würde nicht mehr lange dauern, eine Sache von Tagen, am letzten Aprilsonntag würden sie da sein. Sie hatte gewaschen, Staub gewischt, mit vollen Armen Heidekraut auf dem Boden verteilt, die Aufgabe, die ihr zufiel, überschlagen und geplant, der Landsitz war kein Schloß, doch groß genug, daß man von Sonnenauf- bis Sonnenuntergang und gewiß noch länger damit beschäftigt war, die Küche, die Zimmer unten und oben, der Keller, die Galerie zum Park und auf der anderen Seite die Terrassen, der Stall, die Scheunen und der Holzschuppen mit Holz und Kohle für die Küche, dem Feuerholz für die Zimmer. Ruhig und geduldig hatte sie gewartet, hatte sich weder von dem Herrn, der kam, noch von denen, die ihn begleiteten, ein Bild zu machen versucht. Seit mehr als zwanzig Jahren arbeitete sie in den Häusern am Fluß.

Sie sah sie durch das große Tor kommen, die Schüler, dann den Greis, und danach die Maultiere mit den Kisten und Decken und allem, was sie aus Italien mitbrachten. Sie wiederum bemerkten sie kaum, sie ging über die Terrasse neben den Ställen, lief mit einem Eimer in jeder Hand die Mauern entlang, vor der Galerie blieb sie stehen, stellte die Eimer ab und schaute sie an. Schaute den Greis und die Schüler, den Diener an, richtete sich auf, schob mit einer Hand eine Strähne, die sich aus der Haube gelöst hatte, zurück und kam in ihren grauen Barchentkleidern mit kleinen Schritten auf sie zu, die Sonne fiel auf die Eiben und Buchsbäume der Terrassen, färbte den Sand der Alleen hinter ihr weiß. Weiter unten an einem Zaun weidete ein Esel. Sie lächelte, ohne etwas zu sagen, und ging ihnen voran ins Haus.

Sie betrachteten die Gärten und die Terrassen, betrachteten die Dienerin, gingen über die Galerie in ihre Zimmer und ruhten sich aus. Der Diener gab den Pferden Wasser und führte sie am Zügel herum, später lud er die Lasten vom Rücken der Maultiere, packte die Sachen des Herrn aus, die Schüler gesellten sich zu ihm, sie sprachen lange miteinander.

Unter den Bäumen hörten sie den Bach, kühl und dunkel in der Mulde des Hangs, an windstillen Abenden auch, wie er gegen die Kiesel plätscherte, ein helles, besänftigendes Geräusch. Um des Baches, um der hohen Bäume, um der weißen Felsen willen, die sich bis zum Schloß hinzogen, sagten sie, liebten sie das Haus. Wenn die Sonne unterging, sahen sie das Licht auf dem Stein zitternd dessen Farbe verändern, still, von Minute zu Minute bleichte der Felsen aus. Sie blieben in den Gärten, auf den Terrassen. Kaum, daß die Zeit verging. Es schien ihnen, als hörten sie nicht auf anzukommen, Italien zu verlassen.

Aufmerksam sah sie ihnen zu, manchmal fingen sie ihren Blick auf, einen Blick ohne Mißtrauen, nur neugierig und ängstlich. Sie beobachtete den Greis mit den hellen Augen, er sah sie an, lächelte, ohne etwas zu sagen. Er ruhte sich aus, und abgesehen von zwei, drei Besuchen bei den Italienern der Stadt und Spaziergängen am Flußufer ging er wenig aus, an sonnigen Tagen lief er in den Park oder auf die Terrassen oder befahl, ihm einen Tisch hinauszustellen, er schrieb, schaute die Bäume in den Alleen an, zeichnete, es war schön, tief unter dem Himmel zogen rasche, helle Wolken die Hänge entlang. Von Zeit zu Zeit kam jemand, Schüler oder Diener, mit Tinte, Federn oder Papier, dann wieder bat er, die Pferde herauszuführen, den kleinen Spanier, den schwarzen Rappen und die Zelter-Stute. Er saß auf der Terrasse und zeichnete die Pferde. Später ging er hinein, zu den Schülern in die Werkstatt, sie malten in seinem Stil das Porträt einer Frau oder einen Engel für eine Kapelle, sie sprachen von Händen und Licht, er korrigierte einen Umriß, einen Blick unter gesenkten Lidern, vertiefte einen Schatten. In all diesen Tagen sprachen sie nichts anderes, gewöhnten sich an das neue Land. Schon vor dem Abendessen kamen sie in die Küche herunter, sie fanden sie an dem großen Tisch, sie putzte Kohl und Rüben, Gemüse für den nächsten Tag, hackte Zwiebeln in einen Korb. Sie begrüßten sie und setzten sich ums Feuer, schwiegen einen Moment und fingen dann an zu reden, unter sich, im leisen, singenden Tonfall jener Sprache, die sie nicht verstand, sie schaute sie an, ohne etwas zu sagen, schien sie nicht einmal zu sehen, lächelte kurz, wandte sich mit einer Schulterbewegung ab, schaute aus dem Fenster.

Eine Bäuerin, hatte man ihnen gesagt, aus den Torfmooren weiter unten, nach dem ersten Wald, eine von jenen, die in den Häusern am Fluß dienten, immer gedient hatten, die, kaum erwachsen, bei der Ernte arbeiteten, mit der Sichel Heu machten oder an den Teichen Schilfrohr schnitten, den Hanf rotteten und sich um die Tiere kümmerten, abends in den baufälligen Hütten spannen und webten, ohne irgend etwas zu reden, außer an den langen Winterabenden, und selbst dann war man in diesen Wäldern wenig gesprächig, man lernte früh zu schweigen. Sie war klein und schmal, wie ein Kind, sagten sie sich, das Gesicht war zart und die Nase unter der hohen Stirn fein, nichts deutete darauf hin, daß sie von den Teichen, aus den Niederungen stammte, aus jenen Weilern, wo Scheunen und Hütten und der niedrige Wald schon lang vor Einbruch der Nacht im Nebel, in den weißen Schwaden versanken, die aus den Äckern stiegen, und wo das graue Licht, die fortschreitende Nacht selbst die Geräusche verschluckte. Ihre Haare mußten einmal blond gewesen sein, waren es vielleicht noch unter der Haube, aus der durch leichtes Gekräusel, lichten Schaum eine glatte Strähne in die Schläfe fiel, sie mußte vierzig, vielleicht fünfundvierzig Jahre alt sein, sie wußte es selbst nicht.

Sie kochte ihnen Karpfen und Neunaugen, kleine Hechte aus dem Fluß, Aale, die sie häutete und wendete wie einen Handschuh, servierte ihnen Melonen, Feigen und Zitronen wie in Italien, sie selbst, an ihrer Ecke des Tischs, aß ihre Gemüse- oder Hafersuppe, ihre Sauermilch, mit einer Hand den Napf hebend, die andere schaufelte mit dem Löffel, sie aß geräuschlos, nicht einmal das Geklingel des Löffels am Zinn oder das Geräusch des Glases war zu hören, das sie in kleinen Schlucken leerte und wieder auf den Tisch stellte. Wenn sie ihr vorschlugen, mit ihnen zu essen, versicherte sie, das sei nicht nötig und sie sollten sich nicht um sie kümmern. So fuhr sie fort wie gewohnt, wenn sie kamen, beendete sie ihre Mahlzeit und verharrte, wenn sie sie beendet hatte, noch einen Moment, einen letzten Augenblick, mit hängenden Schultern und gesenktem Kopf, reglos, als ob sie nicht da wären oder, ihrerseits, sie nicht bemerkten.

Wenn es zur Vesper läutete, stand sie auf und deckte den Tisch, sie ging zur Truhe und holte die Decke heraus, breitete sie mit weit ausholender Bewegung über den Tisch, strich sie mit dem Handrücken glatt, stellte Gläser und Näpfe darauf, ihre Bewegungen waren genau, abgemessen, die gesenkten Augen und das Schweigen ließen an Anspannung und Unruhe denken, sie spürten das ängstliche Bemühen, tragisch und ohne Maß, es gut zu machen. Sie sagten was sie mochten, leichte Teigwarengerichte, Fisch und einfache Weine. Sie verneigte sich vor ihnen, ein kaum wahrnehmbares Gleiten der Hüften im Geraschel rauhen Stoffs. Ein letzter Sonnenstrahl streifte den Boden, ein schmales, stilles Bündel blaßgelben Lichts gerade vor dem Herd, eine Milde, ein Frieden im Sinken des Tages, im Einverständnis mit der kommenden Nacht, mit der Einsamkeit, sie sahen das Weiß der Haube dicht über ihrer Schläfe in der sinkenden Sonne verlöschen, wenn es Zeit war, das Essen aufzutragen, drehte sie sich um und sagte leise: »Messer«, und er, mit der Hand sich auf sein Bein stützend, stand auf und ging, gefolgt von den Schülern, zum Tisch.

Sie sahen einander an, manchmal schweifte der Blick, um besser zu sehen, ab. Die Schüler waren sehr schön, der älteste sprach mit dem Herrn, lebhaft und mit großen Gesten, seine Augen funkelten in der

Dämmerung. Sie schaute die Schüler an, den Greis mit den hellen Augen, bediente sie ohne ein Wort. Trat mit gesenkten Lidern zu ihnen.

Wenn sie zu ihr sprachen, über die Stadt und das Land oder das Essen, das sie ihnen vorsetzte, antwortete sie mit einem Satz, schnell und leise gesprochen, errötete dann bis über Stirn und Schläfen, ihre Augen klammerten sich wie an etwas Schützendes an das, was sie tat, oder, als dürfe man ihn nicht aus den Augen lassen, an den Horizont. Sie beobachteten die glänzenden Augen und die gesenkten Lider, die Ader, die direkt unter der Haut, dicht über dem Kragen des Kleides zuckte, stellten sich die welke Brust unter dem Barchent vor. Sie schien alterslos. Hunde bellten, und sie fuhr leise auf, schaute aus dem Fenster. Die Sonne verschwand hinter den Linden der Allee, streifte einen Augenblick den Rand des Tischs und die um die Hüfte gebundene Schürze, den hellen Arm.

Sie blieben lange unten, oft verweilten sie noch am Feuer, wenn es längst Nacht geworden war, oder gingen, als sie an der Lauheit des Windes und den hellen Wolken das Nahen der schönen Tage spürten, auf die Terrassen hinaus. Sie sprachen über das Land und die Leute hier, vom Licht über dem Fluß. Sie fragten sie über den Fluß und die Ufer des Flusses aus, und über den Wald, der nach den Hängen begann, die Straßen, die von dort zu den Torfmooren führten, langsam, nach Worten suchend, manchmal war es, als würden sie singen, sie trafen Reisevorbereitungen, sagten, sie wollten das Land durchstreifen, von Norden nach Süden und im Osten bis zu dem anderen Fluß, nach Romorantin, wo das Schloß errichtet werden sollte, und von dort durch den Wald und die Niederungen bis nach Bourges. Das Land zwischen den Flüssen mußte trockengelegt und das trübe Wasser in Gräben gelenkt, anderswo für den Getreideanbau Land bewässert werden, man wollte die Loire bis nach Chambord leiten und dort für die Jagden des Königs und der beiden Königinnen ein Schloß bauen, nicht für Porträts und Fresken in ihren Kapellen hatten sie ihn kommen lassen, ihn, der nichts mehr begehrte, von niemandem mehr etwas begehrte und der sich die Augen beim Lesen so verdorben hatte, daß er an manchen Abenden kaum noch etwas sah, sondern damit er den Blick auf sie richtete, den sie brauchten, und ihnen sagte, wie sie es anpacken mußten, er sollte für die Vollkommenheit der Säulen und Kuppeln und der Statuen einstehen, schöner noch als tausend Jahre zuvor die der Gärten Etruriens, sie baten ihn, worum sie nur die Italiener baten, um die Schönheit, und um mehr noch als die Schönheit, um die Gewißheit der Schönheit. Im Tausch für das Haus und den Park und den Bach unten am Hang, im Tausch für ihre Bewunderung und ihr grenzenloses Wohlwollen – und sie waren es, die sich geehrt fühlten, sagten sie – würde er sich Schlösser und Treppen ausdenken, die Fassaden und die Tiefe der Gärten studieren, Gräben, Mühlen, vier an jedem Ende der Stadt, den Verlauf der Flüsse, Verbindungskanäle planen, und wie man mit Schleusen das Niveau des Flusses anheben und die Wassermassen dann ablaufen lassen konnte, er würde Dämme quer durch das Wasser vorsehen und einplanen, daß die Fluten, wo sie über die Dämme stürzten, ihren Bodensatz ablagerten. Er würde mit den Schülern aufbrechen, das Land durchstreifen, wie er die Emilia und die Romagna, Umbrien und das Tibertal durchstreift hatte, zeichnend, rechnend, kartographierend, malend, wenn Zeit blieb, sie dienten, hatten immer gedient, jeder auf seine Art, selbst die größten, mit zwölf Jahren rührten sie in den *botthege* Gips an, zerstampften Erde, Ambra und Pulver, mit aufgekrempelten, buntscheckigen Ärmeln, in Kleidern, die ihnen um die Waden schlotterten, gingen sie zwischen Kalk, Gold und Stuck und alpenländischem Silber hin und her, gemeinsam wie in den Liedern, die sie am Abend aus der Signoria hörten, malten sie den Engel der Verkündigung, gossen die Glocken von Pistoïa oder formten Davids Haarschopf in Bronze, gingen abends in die Stadt, um Porträts, Helmbüsche, das Becken für die Wöchnerinnen auszuliefern. Söhne von Bauern, Metzgern und Gerbern, die bald als Meister der Perspektive und der *a fresco* Malerei wortlos ausführten, was die wahren Meister, die Herren, für ihre Schlösser, ihre wahnsinnigen Träume verlangten, es war ihnen untersagt, irgend etwas aus eigener Erfindung zu tun, die Herren befahlen und entschieden über alles und jedes, auf dieser Seite hier die Jungfrau in einem tiefroten, grüngolden gefütterten Kleid und auf der anderen Seite die Engel und die Heiligen, und hinter ihnen, ganz genau wiedergegeben, die Dächer und Kolonnaden der Stadt, ihre Giebel und Säulengänge, sie malten schöne Gesichter und gelöste Haare, die großen Schlachten und die glänzenden Leiber der großen Pferde und jene Geschichte des Menschengottes, in der immer wieder alles von vorn anfing mit Verlangen und Strafe, sie führten aus, boten Ruhm und Schönheit dar, manchmal rührten sie, ohne es selbst zu wissen, mit einem Zug, einer Geste an den Traum, an jene namenlosen Gefilde, wo unter dem Gewölbe der Kapellen der Mensch herrschte, nackt und schön, verwirrend wie der Gott, der ihm mit seinem Finger Leben gab, erst wenn sie starben, sprach man von ihnen, von Maestro Giotto und Maestro Masaccio, Maestro Alberti und Maestro della Francesca. Wenn sie fertig waren, schmückten sie die Zimmer der Herren und richteten ihre Feste und ihre Begräbnisse aus (was sie ihrerseits zu sagen hatten, sagten sie nicht, sie warteten und warteten weiter, jahrelang, und dann überraschte sie der Tod, sie würden es nicht sagen, würden es nie sagen, das war eben so), bespannten die Zimmer der Schlösser schwarz, organisierten das Leid, versammelten Moiré, Satin und alles Gold der Schöpfung um die Leichen der Frauen, soviel und abermals soviel, daß die Botschafter geblendet waren, wahrhaftig, was sie in Italien sahen, übertraf alles Vorstellbare an Glanz (tagelang sprengten Reiter und Pferde durch die Stadt, und ihnen folgten mit Kerzen und Fackeln die Zerlumpten aus den Vorstädten, durch andere oder dieselben Straßen wie die, in denen sie selbst – ihre Söhne oder Väter – sich zur Zeit der Pest vor der erdrückenden Sommerhitze in den Torbögen der Häuser zusammendrängten, bis die schon verwesten Leichen in Haufen auf Karren geworfen wurden). Manchmal ließen sie die Feste und Kapellen, die Menschen und die Götter mit dem verwirrenden Leib oder die Jungfrauen in Samt und tiefrotem Taft zurück und suchten sich andere Herren, in anderen Ländern und anderen Städten, wo alles von vorn beginnen würde. Immer wieder begann alles von vorn mit den im voraus bekannten Dingen. Nichts als der Tod würde dem jemals ein Ende setzen.

Es gab Abende, wo sie schwiegen, andere, wo sie laut redeten, in ihren Stimmen etwas, das Staunen oder Verwirrung ausdrückte, dann wieder langes Schweigen, manchmal sprach auch der älteste mit seiner rauhen, singenden Stimme den Herrn an, stand auf und umkreiste ihn, der Herr hörte ihm zu ohne ein Wort, betrachtete, während sie redeten, sie, beobachtete, wie sie ihrerseits sich zu ihnen wandte. Ihr Blick, sah er, war verstohlen und suchte zu verstehen, im nächsten Moment entzog er sich, andere Male fuhr sie fort, nicht zu ihnen hinzusehen, auf ihrem Hocker sitzend, rieb sie ihr Gerstenbrot mit Knoblauch und Schnittlauch ein, aß still, aufrecht, die Knie unter den weiten Falten zusammengepreßt, sie sahen den blauen Schatten in der Mulde des Stoffs, und in der Mitte des Schattens die Brotkruste, mit einem Rascheln der Röcke kam sie später zu ihnen und reichte ihnen einen Apfel aus dem Feuer oder ein Glas leichten Rotwein. Manchmal ließ sie sie auch in der Küche und schöpfte auf der Bank vor den Buchsbäumen Luft, der Wind legte sich und der Himmel über dem Fluß wurde eng, schwer und grau, das Geräusch der Pferde drang bis zu ihnen, im Stall standen vier, und zwei Stuten, die alt wurden, die falbe und die mausgraue, sie müßten in den Dörfern im Wald neue holen. Sie redeten immer noch.

Er schaute auf das Land und die Farben des Himmels über dem Fluß, suchte ein letztes Mal Größe und Schönheit, stellte sich auf den weißen Felsen Villen wie in der Toskana, unendlich sich staffelnde Terrassen vor. Ganze Tage zog er sich in die Werkstatt zurück, bat darum, daß niemand ihn störe, ersann eine Treppe, die höchste und breiteste, die man je gesehen hatte, die jeder hinauf- und hinabsteigen konnte, ohne jemanden zu bemerken, der dasselbe tat. Manchmal gehorchten ihm der Arm, die Finger nicht mehr, krampften sich wie gelähmt um den Stift. Ein andermal zitterte die Hand, entzog sich. Dann erklärte er es seinen Schülern, und sie zeichneten, was er sagte. Abends, wenn sie schliefen, schaute er sich die Zeichnungen an. Korrigierte. Modifizierte die Idee. Zog mit Tinte, mit der Bleimine, mit schwarzem Stein einen Strich nach, verbesserte die Berechnung. Fügte am Rand einen Kommentar, einen Gedanken hinzu.

Italiener kamen, sie schnitten das Schloß in den Wald, formten die Arkaden, Treppen und die Dächer über den Terrassen. Schon in Mailand hatte er das neue Schloß ausgedacht, Brücken, Rundbögen und Kuppeln, drei lange Reihen Arkaden übereinander, majestätische Treppen und Dächer über den Terrassen, tief, mit weißem und grünem Schiefer belegt, antike Marmorstatuen, Orangen- und Zitronenhaine, der König stimmte zu, sprach vom Kartäuserkloster in Pavia oder von Poggio Reale bei Neapel. Noch vor dem Jahresende sollten die Arbeiten beginnen, Architekten, Maurer und Steinmetze waren in die Torfmoore einbestellt. Bald würde der Traum, würden Fluß und Kanäle und der Palast aus weißem Stein unter der Sonne glänzen, Feste, Maskeraden und Schiffsprozessionen, Trompeten würden hell schmetternd Regierungswechsel und Gerichtstage ankündigen, die Herrscher hatten ihren Ruhm und ihre Lust von Gott, zweihundertfünfzehn Zimmer für die Liebe, nicht eines weniger, er notierte, man könne das Wasser oberhalb der Stadt stauen und den Fluß von Villefranche herleiten, das könnten die Einwohner des Ortes leisten. Die Balken der Häuser würden zu Schiff bis nach Romorantin geschafft, und der aufgestaute Fluß wäre hoch genug, um ihn über ein leichtes Gefälle mehrere Meilen bis zur Stadt fließen zu lassen.

Die Sonne stieg am Himmel, berührte die Wipfel der großen Eiben, bald tauchte sie den Hof in Licht, auf den Fersen kauernd wusch sie die Töpfe mit Sand aus, den sie aus einem Becken nahm, er trat aus dem Haus, wandte sich ins Hausinnere um und bat, daß man sein Pferd sattele, dann ging er zu den Ställen hinunter.

Im Schritt ritt er davon auf seinem kleinen spanischen Pferd, über den Felsenweg, den Akazienwäldern auf den Anhöhen der Stadt folgend. Er begab sich zum König, um ihm seine Ansicht über den Traum vom Ruhm und die zu bauenden Schlösser, den umzulenkenden Fluß mitzuteilen. An manchen Tagen, wenn der Himmel klar war, wurde der Tisch an die Fenster gerückt, und sie betrachteten die mit Pappeln bepflanzte Insel und den Fluß ringsum, so breit, daß man meinen konnte, es seien zwei Flüsse, die nebeneinander flossen, die Insel hieß Ile d'Or, goldene Insel, wegen des Lichts, das morgens und abends auf dem Wasser lag. Oder er ritt eine oder zwei Stunden in Richtung Montlouis und Chaumont, er betrachtete den Fluß, das blasse, regenbogenfarbene Licht, die an manchen Tagen fast reglosen, wie angehaltenen Fluten, in einem Grau gefangen, in dem leichte, unergründliche Goldtöne zitterten, Hals über Kopf rannte ihm singend ein Kind über den Weg, es sang aus voller Kehle, nur der Augenblick zählte, die plötzlich erahnten Freuden, so stark, so verrückt wie die Freuden der Liebe.

Bei der Rückkehr stieg er kurz vor der Stadt vom Pferd, löste die am Sattel befestigte Tintenflasche, setzte sich ins Gras und zeichnete, die Insel und die Ufer, weiter unten im Westen die Stelle, wo Himmel und Fluß sich vereinten, den blassen, vom Nebel geglätteten Horizont, das graue Gold im Fluß. Wenn ihn später Bewegung überkam, wußte er nicht, ob sie dem galt, was er sah, oder dem Tod, den er jetzt, ohne darüber zu reden, jeden Abend zur selben Stunde nahen fühlte.

Wenn er zurückkehrte, saß sie draußen auf einer Bank, es sah aus, als warte sie. Vielleicht war sie auch wegen des Frühlingsabends und des lauen Windes hinausgegangen. Wie sollte er das wissen, sie wandte kaum den Kopf, wenn er ankam, besserte ein Hemd oder ein Stück Leibwäsche aus, flickte ein Beinkleid, sie schaute ihn an und senkte dann die Augen, als bemerke sie ihn schon nicht mehr, er ging mit schwerem, schwankendem Schritt über die Terrasse, mit dem leicht unregelmäßigen Gang eines Menschen, der den ganzen Tag geritten ist. Er kam auf sie zu und grüßte sie im Vorbeigehen, sprach mit dem Schüler Melzi oder dem Schüler Salaï, mit Battista, sie führten sein Pferd zum Wassertrog. Der Abend senkte sich auf die Terrassen, die Luft roch nach Buchs. Einen Moment darauf, sie hatten sie nicht einmal aufstehen sehen, stand sie vor dem Kamin und holte den Kessel vom Feuer. Gedeckt war schon lange. Sie sagte, sie sei bereit.

Das ganze Frühjahr und bis in die letzten Junitage hörten sie die großen Treibjagden, tiefer im Wald waren Tücher gespannt und Hundemeuten, Luchse und die Bogenschützen des Königs machten Hatz auf die Rehe, auf Karren wurden Zelte mitgeführt und abends von den Dienern auf Lichtungen aufgeschlagen. Der Wind trug das Gebell der Meute bis zu ihnen, sie hörten die Hunde, die verbellten Tiere. Sie kam aus dem Haus und schaute zu den Hängen, zu den Höhen der Täler hinauf, sie sagte, manchmal flöhen die Tiere bis hierher, quer durch die Weinberge, suchten das Dickicht am Flußufer.

Wenn sie fragten, erzählte sie Neuigkeiten aus der Stadt, sprach von denen, die sich etwas zuschulden hatten kommen lassen und für die man vor der Kirche den Galgen errichtete, Brunnenvergifter, Kindsmörderinnen. In der Nähe von Saint-Denis hatte man einen Maultierdieb hinter einem Karren hergeschleift und zum Schluß hatte man ihn vor der Kirche ausgepeitscht. Ihre Stimme hob sich nicht, sie berichtete mit derselben Ruhe von Glück und von Unglück. Manchmal jedoch geriet sie außer Atem bei dem, was sie erzählte, krank vor Liebe hatte sich eine Dame aus Montlouis mit Taftkleidern und goldenen Halsbändern in den Fluß gestürzt.

Er brach mit dem Schüler Salaï und dem Schüler Melzi, dem Schüler Fanfoïa in den Wald auf, durchstreifte mit ihnen Heiden und Torfmoore, studierte den Lauf der Flüsse, der Schüler Melzi sprach Französisch, erklärte Karten und Bücher, und was die Bauern am Wegrand sagten, sie brauchten elf Tage, um den Wald zu durchqueren, und elf Tage für die Ebenen und Hügel nach Bourges, Nevers und Mâcon zu, das Wetter war schön, sie ritten durch Wälder und Dickicht, machten Halt am Ufer der Teiche, auf dem Rückweg verweilten sie auf den Dorfplätzen, sahen sich die Jungfrauen und Heiligengeschichten in den Kirchen an. Als sie zurück waren, zeichneten sie Schlösser, die Kanäle, die Saône und Loire verbinden sollten, die Gegend zwischen den Flüssen, Stadt um Stadt, Hügel um Hügel. Sie sprachen von den Mooren und Sümpfen, erzählten von ihrer Reise, sie hörte ihnen zu, die Sümpfe kannte sie, die blauen Rauchschwaden, die abends um fünf aus der Erde stiegen, und die Schritte, die im Gras einsanken wie im Sand der Ufer. Sie schürte das Feuer unter den Kesseln, die Nacht brach an und von den Hängen sank der Geruch von verbranntem Gras, von frisch umgegrabener Erde. Von den Höfen hörten sie die Hunde bellen. Wenn sie ans Fenster gingen, sahen sie auf den Höhen die Feuer der Hütten oder weiter weg die Fackeln der Schloßwachen. Sie schaute auf ihre Hände im Schoß ihrer Röcke, massierte sie sacht, als vertreibe sie einen Schmerz.

Er nahm die Feder und schnitt sie zu, probierte sie auf einer Ecke der Seite, auf der Terrasse sitzend schrieb er in Hefte, zeichnete, machte Notizen zu den Zeichnungen, tat, was er immer getan hatte, er hatte immer in Hefte geschrieben, abends legte er sie in einen Schrank in seinem Zimmer, fünfundzwanzig kleine und zwei größere Bücher und sechzehn noch größere, sechs in Kalbsleder, eines in grünes Sämischleder gebunden, er unterstrich, stellte zusammen, legte Listen an über Wasser, Feuer, Kriege und Sintfluten, Tiere, Sichtbares und Unsichtbares, alles, was über Himmel und Erde zu erfahren war, schrieb Bücher ab, um sie nicht zu vergessen, schrieb, auf der Terrasse sitzend, in ein Heft auf den Knien, manchmal hielt er inne und wandte sich um, bat, daß man ihm ein anderes Heft hole, strich mit der Hand über die Augen, streckte müde die Beine in die Sonne. Er hatte immer studiert, er war mit den Büchern hergekommen, die noch zu lesen waren, er würde sie noch lesen, bevor er starb, noch mehr Seiten abschreiben. Ihm fiel etwas ein, er zeichnete einen Bogen für Montlouis und eine lange Allee hinter dem Bogen. Er notierte das Maß für die Steine, die Breite der Wölbung. Er sah sie mit ihren Eimern über die Terrasse gehen und auf dem Kies straucheln, wenn sie vor dem Stall vorbeiging, wieherten die Pferde, sie sagte etwas, das er nicht verstand, und setzte ihren Weg fort, manchmal hinkte sie im Sand der Alleen, er sah zu, wie sie hinkte, schrieb weiter, ein leichter Wind kam auf, ein Wind vom Fluß, er sah die Eichen sich regen und die Wipfel der großen Eiben auf den Terrassen. Ein Windstoß fuhr in ihre Röcke, sie lachte oder schimpfte, er fragte sich, woran sie dachte und wie sie es manchmal machte und mit der Zeit fertig wurde, die verging und kam. Zwischen Gelehrtes schrieb er die Ausgaben für die Werkstatt und das Haus, die Kleider, Tuch für Beinkleider 4 Pfund 5 Sols, Futterstoff 16 Sols, Arbeitslohn 8 Sols, Salaï 8 Sols, Jaspis-Ring, sternförmiger Stein 13 Sols, 11 Sols. Notierte, was auf Reisen, ins Exil mitzunehmen sei. Listen von Beginn an, seit der Zeit in Florenz, in Mailand. Messer mit spitzer Schneide und kleinere Messer, um Federn zuzuschneiden, Mütze und Filzschuhe, Fellwams, blaue Augengläser, die Augen waren schon damals müde, Färbemittel für die Kleider, Bögen von spanischem Leder, Bücher mit weißem Papier, Tinte und Kohle, Palette, Schwamm, Leinwand, Nadel und Faden. Bogen und Kordel, Einkaufsbücher. Kleine und große Näpfe, Tassen, Leuchter, vier Bahnen breite Laken, Tischdecke, Handtücher, Hemden, Leibwäsche. Zwei Kisten für den Lastensattel. Grammatik von Lorenzo dé Medici, Weltkarte von Giovanni Benci, Briefsteller. Das Leben der Philosophen. Aesop. Der Steinschneider. Dante. Archimedes. Psalmen. Über das Hochwasser des Nils von Aristoteles. Prüfen, ob in Essig gekochte Wolle wasserdicht ist. Drei Bücher binden lassen. Einen Jungen als Modell finden. Auf dem Rand Engel, Blumen, Porphyr und Kalzedon, schöne Haarschöpfe, Gesichter, die ihm auf der Straße oder im Spital aufgefallen waren. Tragisch. Namenlos. Nackte Greise, dem Tode nah. Zigeunerinnen. Brüste von alten Frauen. Lächeln von Madonnen zum Himmel hinauf. Am Tag von Santa-Maria-Magdalena 1490 ist Giacomo zu mir gezogen. Für seinen Unterhalt zahlt er einen Gulden, Brot, Wein, Eier, Kleie. Öl. Für den Barbier und die Schnürstiefel. Bleiben drei Sols. Giacomo Salaï. Ißt für vier, macht die Karaffen kaputt und verschüttet den Wein auf den Tischdecken der Häuser. Lügt. Stiehlt den Stallmeistern des Herzogs türkisches Leder, um sich Stiefel machen zu lassen oder auch um sich Anisbonbons dafür zu kaufen. Er gibt Bogen, Ring und Bänder hin, um ihn zur Vernunft zu bringen, und zu seinem fünfzehnten Geburtstag ein ganzes Stück Silberbrokat. Das Aufschreiben beruhigt offenbar, es bringt Ordnung in Geist und Leben. Verdrängt die Schatten. Am 19. Tag des Juli 1504, am Mittwoch um sieben Uhr starb Ser Piero, mein Vater. Manchmal gar nichts, nur ein Datum. Dieser Mariä-Himmelfahrtstag, Mitte August in Cesena. Wenn er es wieder läse, wüßte er wohl, was da war. Zu großes Glück oder Unglück, Dinge, über die man nicht sprechen konnte (und war es nötig, sie geschrieben zu sehen, um sie sich zu sagen und dann daran zu glauben, und hatten die verrücktesten Augenblicke genügt, um den Rest vergessen zu machen, die Tage davor und danach, so grau, daß man am liebsten gestorben wäre?), er blättert, entziffert, sucht, weiß nicht mehr recht, ein andermal trifft die Erinnerung ihn wie der Blitz. Diese Momente von Glück und von Unglück könnte er an den Fingern seiner beiden Hände, vielleicht nur einer Hand abzählen. Wenn er in seinem Zimmer oder in der Werkstatt ein Heft vergißt, bittet er sie, es zu holen. Sie steht auf und eilt, bringt es auf ausgestreckten Armen, wie der Priester beim Offertorium den Gläubigen die Hostie darreicht. Er kritzelt auf den Rand einer Seite einen Engel, mit lockigen Haaren, hellen Augen.

Er betrachtete sie, wie sie an ihrer Ecke des Tischs ihre Suppe fertig aß, sagte sich, daß sie ihre Suppe immer wortlos an einer Ecke des Tischs gegessen hatte. Daß sie an die Torfmoore dachte. Sich an eine Tischdecke mit blauem Randstreifen erinnerte. An eine graue Wand, an der Näpfe und Pferdegeschirr hingen. An ein gepolstertes Bett beim Feuer und an den Tischler, der es gezimmert hatte. An eine jener dunklen engen Hütten, wo abends wie morgens die Kamine ihren Rauch ausspuckten und Wasser aus dem Boden trat und kalt und grau über die Wände rann. Er stellte sie sich vor, wie sie abends auf einer Bank in der Sonne saß, Äpfel verlas und Garnstränge abhaspelte, im Hof roch es nach Pferden und Milch aus dem Stall, Heidekraut verströmte seinen trockenen, dumpfen Geruch, die letzten Geräusche drangen aus dem Dorf, dann kamen die Nachbarn, setzten sich ums Feuer, erzählten Geschichten, von den Dingen des Lebens, tragisch und namenlos, und mitten in den Geschichten hörten sie das schwarze Tier, rauhe Schreie aus der Tiefe des Waldes, die Hunde bellten. In dem dichten Schweigen, der dichten, schweren Einsamkeit der Wälder kamen noch später die Väter nach Hause, legten sich im Schatten der Tücher auf die Mütter, wühlten sich für einen langen Augenblick in sie hinein, bis sie mit großem Lärm, einem Stöhnen wer weiß woher auf sie herabstürzten und einschliefen. Mit einer Bewegung der Hüften ließen die Mütter sie auf die andere Seite des Strohsacks rollen und begannen zu weinen, wie jeden Abend.

Sie stand auf und schaute nach den Terrassen hin, ging zum Feuer, hob mit einer Hand einen Deckel, goß mit der anderen Weißwein und sauren Traubensaft in den Topf und tauchte den Löffel hinein, überwachte die Brühe, stieg auf einen Hocker und entzündete die Kerzen auf dem Kamin, stellte die Näpfe auf den Tisch, den Weinkrug, das Wasser, das Brot.

Brüder und Schwestern starben an der schlechten Milch, an der großen Hitze oder an der Feuchtigkeit, die aus dem Boden stieg. Väter und Mütter weinten oder weinten nicht, fügten sich Jahr um Jahr in ihr Schicksal, kennzeichneten die Tiere, hoben Gräben aus oder lasen Steine vom Feld, sichelten Hafer und Weizen, banden ihn zu Garben, jäteten Gerste, holten die Ernte ein. Wenn sie fertig waren, ließen sie Wein fließen und zogen durch die Straßen, um Gott zu ehren und den noch Ärmeren ihr Scherflein Brot zu spenden, von Palmsonntag bis Gründonnerstag ergingen sie sich in Bußgebeten und Reue, priesen im September das Heilige Kreuz und ließen zu St. Johannis die Tiere übers Feuer springen, um den bösen Geist von ihren Herden fernzuhalten.

Eines Tages hatte sie die Torfmoore, die tiefen Wälder verlassen, wie andere war sie bis zum Fluß gelaufen, dorthin, wo sich in Häusern aus weißem Stein die Herren niederließen, zehn Tage lang war sie mit dem Esel bis zu der Stadt am Flußufer gelaufen, es war Sommer, sie wusch sich in den Bächen und der Esel weidete die Böschungen ab. Sie war bei den Herren angekommen, wie die anderen aus den Wäldern hatte sie Böden gefegt und mit vollen Armen Heidekraut darüber gestreut, Näpfe gescheuert, Laken und Leibwäsche gewaschen und geflickt, sich dabei an die Herren gewöhnt, zugesehen, wie sie zur Welt kamen und starben, liebten und des Nachts in ihren Zimmern schrien, morgens aufstanden und mit wiegenden Hüften davonschritten, in den Krieg oder auf Reisen zogen, mit Marmor und Kristall aus Venedig, mit Wasserbecken für ihre Gärten zurückkamen, ihre Heimkehr im Gold und der Seide der Maskeraden feierten. Und wenn sie sich eines Tages, nach Liebe und Kriegen, Trunkenheit oder Verzweiflung, mit Katarrhen oder Gelbsucht niederlegten, waren sie da, standen hinter dem Vorhang der Alkoven, trockneten die Stirnen, hörten die letzten Worte, später wuschen sie sie, entfalteten rauhes helles Leinen, das sie aus den Schränken holten und um die Körper, die traurig und süßlich riechende Haut schlugen, dieser Geruch von Körpern, aus denen das Leben wich, Männer, Frauen, Kinder, die Arbeit war dieselbe, kaum daß sie sie anschauten, nach getaner Arbeit folgten sie ihnen bis ans Grab, steckten Kerzen und Fackeln in die frisch umgegrabene Erde, während die Armen beteten, so zahlreich und so inbrünstig, wie es das Almosen erlaubte. Suchten sich bald neue Herren in anderen Häusern, wo alles, Leben und Tod, von neuem begann, alles begann immer von vorn.

Sie deckte den Tisch fertig, er sah den Rücken und die Haare, die sich unter der Haube aus dem Zopf gelöst hatten, die müden Schultern. Manchmal, ohne daß sie etwas fragten, redete sie. Langsam. Leise. Unter einem aufgerissenen, von Regen und Weiß reingewaschenen blauen Himmel, im Getöse von Pferden und Wagen auf dem Pflaster von Bout-des-Ponts hatte sie die Leute des Königs zurückkehren sehen, dreitausend zu Fuß und zu Pferd, auf Tragen und Karren Betten und Wandbehänge, Truhen voll Scharlachrot und grauem Satin, sie sprach von Scharlachrot und grauem Satin, Hemden aus Coutances-Leinen, Stickereien aus Venedig, blaue Diamanten, sie hatten in den freien Städten Geld geholt, waren durch die Provinzen bis ans Meer und im Osten bis an den Fuß der Gebirge gezogen, hatten auf ihren schönen Pferden die Dörfer durchquert, hatten den Kot der Hühnerhöfe und im Sommer den Geruch der Ammen geatmet, die mit entblößter Brust vor den Häusern saßen. Dann sprachen sie ihrerseits darüber, wie sie über ein Fresko gesprochen hätten, das sie gerade auf eine Mauer malten, ein Zug von Männern und Pferden, und darunter, auf ihrem Rückweg, der Fluß, die Sonne auf dem Ufersand. Weiter hinten, am Ende des Zuges, auf Maultieren die Mägde und Kurtisanen.

Wenn sie zu Ende gesprochen hatte, setzte sie sich einen Moment ans Fenster, schaute hinaus oder auch auf ihre Hände, die sie im Schoß der Röcke faltete und löste. Es wurde still. Sie wandten sich zu ihr, stellten eine Frage oder sagten ein paar Worte, einen Gedanken, etwas, was für die kommenden Tage zu tun war, sie schaute sie an, schaute den Herrn an, zeigte mit einem Kopfnicken, daß sie verstanden hatte, antwortete, wenn nötig, mit einem kurzen, kommentarlosen Ja oder Nein und wandte ihren Blick wieder den Felsen zu.

Sie gewöhnte sich an sie, sagten sie sich schließlich, sie redete mit den Leuten von den Höfen, wenn sie Scheffel voll Saubohnen und Karrenladungen Holz lieferten, sie sagte, es werde noch Rauhreif geben in der Nacht, man müsse das Stroh noch auf den Sommerblumen lassen, im Schloß bereite man sich auf eine Hochzeit, eine Taufe vor, es würden Zuschauerränge von der Vorstadt bis zu Notre Dame hinauf errichtet, und im freien Feld werde ein Krieg geführt werden, 600 Mann auf der einen, 600 auf der anderen Seite, mit Lanzen und Rüstungen, so erzähle man sich in der Stadt. Es fing an zu regnen, das Licht war ocker- und graugetränkt, sacht stieg Dunst von den Hängen auf. Oder sie sprach über den Wind, der aufgekommen war, sie hatte die Leichter flußaufwärts fahren sehen, die geblähten quadratischen Segel trugen die Schiffe bis nach Orléans, schon über zehn Tage hatten sie auf den Wind gewartet, und nun blies er in stürmischen Böen, sie hatte mit Battista die abgefallenen Äste im Park aufgesammelt und im Holzschuppen zu einem Haufen geschichtet. Mehrmals ging sie am Sonntag fort, sie sagte, sie müsse in der Gegend von Artigny etwas erledigen, sie sahen sie mit dem Esel fortgehen, bei Einbruch der Dämmerung stellte sie ihnen das Essen hin wie an anderen Tagen, ohne etwas zu sagen, und stieg, sobald der Tisch abgeräumt war, in ihre Dachkammer hinauf.

Er betrachtete sie, wie man betrachtet, was man entdeckt, ohne Gefälligkeit oder besondere Gunst. An diesen Blick mußte sie sich in den letzten Frühlingstagen gewöhnen, sich sagen, daß der Herr den Diener beobachten konnte, wie er einen Baum oder die Farbe des Himmels, einen Kadaver im Graben beobachtete, manchmal wurden die unerwartetsten Dinge unmerklich und ohne große Geschichten so gewöhnlich und alltäglich, daß das Leben, wenn sie ausblieben, noch schwieriger wurde, wenn er sich abwandte, fiel es ihr auf, und sie wandte sich mit einem Gesicht, als ob nichts wäre, ihrerseits um. Er redete über Gewohnheiten, über das, was anfing, und das, was zu Ende ging.

Er zeichnete ein Gesicht, weder Mann noch Frau noch Kind, suchte in seinen Schachteln nach früheren Zeichnungen, dem hellen Blick unter durchscheinenden Lidern, der Fülle der Locken, fing von neuem an, verglich, in Italien hatten sie von dem Engel gesprochen, von den Zartheiten der kaum erblühten und schon zertretenen Blüte, von dem Ring unter dem Auge, der sich in die Wange grub, von jenem Eindruck von Wärme, brennender Haut, Rührung, Lust, wie sollte man es wissen, alles war manchmal so großartig gewesen.

Als die schönen Tage kamen, tauschte sie ihre Barchent-Röcke gegen solche aus fein gestreiftem ungebleichtem Leinen, gräulich und braun unter der blauen Schürze, und abends nach dem Essen schnitt sie sich einen Unterrock und ein Mieder aus einem Baumwollstoff zu, den sie bei dem Hausierer aus den Bergen gekauft hatte, dem, der zu Sankt Martin Nadeln und Bänder, bestickte Halstücher und Unsere Barmherzige Liebe Frau in ihrem weiten Mantel verkaufte.

Sie blieben bis spät auf den Terrassen und redeten bis in die Nacht hinein, wie früher in den Gärten der Signoria, wenn sie die antiken Marmorstatuen zeichneten, redeten immer noch von Schatten und Licht und den leuchtenden Farben der nordischen Meister, sprachen über die Abreise des Schülers Salaï, der nach Italien zurückkehrte, so erzählten sie sich abends auf den Terrassen, hoben die Stimmen, sie schaute sie an, versuchte zu verstehen, verstand wohl auch. Manchmal erzählten sie schlechte Neuigkeiten, Reisende aus Italien berichteten, daß die großen Fresken sich auflösten, sich in der säurehaltigen Feuchtigkeit der Kirchen zersetzten, sie redeten über die, an denen sie monate-, jahrelang gemalt hatten, auf Gerüsten, in der Kälte und im Dämmerlicht der Kapellen, sprachen über die anderen, nie angefangenen oder unvollendeten, aufgegeben, als der Zweifel kam und nichts mehr ging, Messer der Maler verlor den Verstand, um Pferde zu malen, schloß er sich in die Bibliotheken von

Florenz ein und las jedes Buch, das über Pferde geschrieben worden war, er wurde nicht fertig, würde es nie zu Ende bringen, er war verrückt, und etwas anderes quälte ihn, für die Anbetung dachte er sich große Treppen aus, die aus dem Nirgendwo kamen und nirgendwo hinführten, Menschen und Pferde, verrückt vor Entsetzen und die Flanken Verletzungen dargeboten, Verzweiflung und Tumult, er setzte Schatten um Schatten, zögerte die Farbe und den Augenblick der Vollendung hinaus, die Mönche lieferten auf den Karren des *podere* Reisigbündel, Öl und Scheffel voll Weizen, für die Farben schossen sie ihm an jedem ersten das notwendige Geld vor, doch er trug die Farbe nicht auf, würde sie nie auftragen, er ließ ihnen die Treppen, die flügel- und farblosen Engel, die wahnsinnigen Pferde und zog nach Mailand, einen neuen Herrn zu suchen. Hundert Meilen, zwölf Tage unterwegs bis in die Nebel des Nordens, die Kälte der lombardischen Ebenen. An einem Dezemberabend kam er am Fuß der Stadtmauern an, schritt über den Waffenplatz. Inmitten von Bediensteten und Pferden fertigte er in demselben merkwürdigen Fieber Listen von unbekannten Wörtern, um sich zu beruhigen, wartete, ohne es selbst zu wissen, auf einen, den er nicht kannte, nicht einmal wußte, ob es ihn gab, schrieb Seite um Seite Bücher ab, um sie nicht zu vergessen, machte Zeichnungen auf den Rändern, oder er arbeitete mit Silberstift auf grauem, auf blauem Papier. Lernte Latein, konjugierte endlos das Verb lieben. Wußte nicht, was kam.

Durchs Fenster sah er sie hinten im Park sich entfernen. Sie ging an den Bach hinunter, um Wäsche zu waschen, und wartete nicht, bis die Körbe voll waren. Wie zum Vergnügen. Der Wind fuhr in ihre Röcke. Sie schritt so beherzt aus, daß es fast aussah wie Glück. Hinter ihr her trabte der Esel mit den Körben, ruhig, manchmal fröhlich – schrie oder brach aus, ein kurzer Galopp zur Seite. Die Sonne am Himmel stieg, irisierte den Nebel über dem Laubwerk am Bach. Davor vertiefte sich der Schatten.

Wenn sie die Allee wieder heraufkam, lächelte sie. Die kleine, helle Silhouette strahlte im Morgenlicht. Er war ihr dankbar dafür. Er dachte, daß sie die wahnsinnigen Bilder, die Träume von Glück oder Lust nicht kannte. Daß sie weder Verwirrung noch Erwartung erfahren hatte. Noch die Angst, alles zu verlieren. Daß sie sich abseits gehalten hatte, aus Vorsicht, froh über die ruhigen Tage, die Schale Suppe und das frische, in einen Lappen gewickelte Brot morgens an der Ecke des Tischs, und abends über den Geruch, der aus der Erde stieg, über den Schritt der Pferde, die heimkehrten.

Ruhig war sie in jenen Tagen, heiter wie sonst keine. Sie ging die Wäsche im Garten ausbreiten, kam wieder, sie zu holen, faltete sie in die Körbe, am Ausfalltor verweilte sie kurz, pflückte Kräuter für die Suppe, später bat sie darum, ihr beim Zusammenlegen der Laken zu helfen, wenn sie am Horizont leichte, durchsichtige Wolken heraufziehen sah, sagte sie, morgen würde es noch einmal schön. Er dachte an die Alte, die zwanzig Jahre lang in den Hügeln bei Empoli auf ihn gewartet hatte.

Die Schüler waren nach Romorantin aufgebrochen, es mußten Maße genommen, von Stadt und Befestigungswällen Skizzen angefertigt werden, er hatte sie nicht begleitet, wegen des Windes, hatte er gesagt, er war mit ihr und dem italienischen Diener allein geblieben, der Sommer nahte, früh wurde es Tag, ein blaues Licht über den Bäumen im Park, er ruhte sich aus, sie brach morgens immer zur selben Stunde auf, ging hinunter, um den Esel und die Körbe zu holen, sie nahm den unteren Weg, die Vorstadt entlang bis zur Rue des Bouchers. Er sah ihr nach, wie sie mit dem Esel davonging. Er trug das Geld für die Ausgaben in sein Heft ein, das Brot und das Mehl, Fisch, Käse, Wildgeflügel. Der Rest, Öl, Lendennußstücke von Rindern und Schweinen zum Einpökeln, kam von den Höfen am Hang oder sie holten es dort. Die Sonne am Himmel stieg, er sah den blauen Dunst um die Dächer verlöschen, manchmal war das Morgenlicht blau, stieg vom Fluß auf, man wußte nicht, wo der Fluß endete und der Himmel begann, aus den Zimmern sah er in der Ferne den Fluß zum Meer fließen, in seiner ganzen Weite strömte er zwischen den hellen Sandufern dahin. Er schrieb Briefe, erzählte vom Leben hier und von den Arbeiten am Schloß, was die Schüler taten. Er schrieb, er wisse nicht mehr, wie lange es her war, daß er Italien verlassen hatte, manchmal verschmelze alles, und er werde niemanden dort vergessen, er fragte nach Neuigkeiten aus Mailand und Florenz und was es in Rom gebe, er schrieb, daß er nicht zurückkommen werde, daß der Schüler Salaï in die Heimat zurückkehren werde, seit über zwanzig Jahren arbeitete er mit ihm. Er vergesse die Sommer nicht, die Gespräche abends in den Gärten, zwischen den Marmorstatuen und den hinter Gittern schlummernden Löwen der Signoria, den Duft des Jasmins und der weißen Rosenstöcke hatten sie geatmet und so lang geredet, daß sie manchmal über den Hügeln den Tag anbrechen sahen. Bald würde er in ein Heft schreiben: Heute ist Giacomo Salaï nach Italien abgereist. Wie er immer getan hatte. Würde schreiben. Sich erinnern. Er vergaß. Sagte, daß er vergaß. Ließ die Zeit verstreichen, wie damals, als er krank war vom Fieber, das er sich in den Sümpfen geholt hatte. Tagelang auf dem Pferd hatte er die giftigen Ausdünstungen, die laue Luft der Romagna geatmet, herauszufinden versucht, wie man ihre fauligen Wasser ab- und ins Meer leiten könnte, er hatte Fieber und konnte nicht mehr aus den Augen schauen, er hatte sie überanstrengt, Tag und Nacht gelesen, er erinnerte sich an die Nächte im Belvedere, in den Räumen des Papstes, an seine Schwäche, die Süße der Schwäche, und wie er, ohne zu leiden, das Ende der Dinge ahnte. Er legte die Hefte weg und schloß die Augen. Lauschte auf die Geräusche des Sommers, spürte dem Wind auf seiner Haut nach. Das Schloß würde gebaut oder nicht gebaut, in Romorantin oder anderswo, was lag daran, was würde von ihm bleiben außer den drei Gemälden, die er auf dem Rücken der Maultiere bis hierher gebracht, in den Herbergen

Abend für Abend ans Kopfende seines Bettes gelegt hatte, in Wäsche und Decken gewickelt, die sie schützten und die er manchmal vor dem Einschlafen mit einer Hand weggezogen hatte, um die Leinwand freizulegen, die er beim Schein der Kerzen betrachtete, die aus dem Schatten herausgearbeiteten Gesichter, die Durchsichtigkeit des Fleisches, die drei Gemälde, die niemand bei ihm bestellt hatte und von denen er sich nicht mehr trennte.

Wenn die Schüler zurückkehrten, würden sie von der Reise erzählen, die Pläne und Skizzen zeigen, die Arbeit, die sie dort getan hatten, er würde sie mit ihnen studieren, eine Fassade zeichnen, Giebel, ein terrassenförmiges Dach, Eibenalleen und weiße Steinbögen vor den Türen, in der Ferne wäre eine Flucht von Blumenbeeten, Rasen und seltenen Pflanzen zu sehen, die sie aus der Toskana und der Emilia würden kommen lassen. Dann würde der Schüler Salaï durch flaches Land und über die Berge bis nach Italien zurückreisen, er würde den ganzen Weg nach Italien noch einmal machen, bis zu den Weinbergen an der Porta Vercellina, die er ihm schenkte, in diesen Weinbergen würde er sich sein Haus bauen, er sagte, daß er den Meister nie vergessen und jede Woche schreiben werde, er würde die Briefe Reisenden mitgeben, die von Mailand aus die Berge überquerten und die Eilpost in Lyon anderen übergaben, die damit bis hierher ritten, was das Zeug hielt, zwei Wochen, nicht länger, und sie hätten seine Briefe, so sagte er, von Italien würde er ihnen berichten, von den Freunden und Verwandten dort. Von den Fresken auf den Kirchenwänden und den großen Pferden, die sich in der Salpetersäure auflösten. Vom Engel der Taufe, dem ersten Werk. Er dachte an den Engel. An das tausendmal gezeichnete Gesicht. An den Sommer dort unten und an die große Hitze, an den Schatten der Bäume auf den Wegen, auf den lichtdurchbrochenen Wegen der leuchtende Schatten des Laubwerks. Er würde den Schüler Salaï allein zurückreisen lassen, er würde bleiben, hier war der Ort, wo er sterben würde.

Er wartete, daß sie zurückkam. Es war noch nicht neun, er hörte den Esel auf den Pflastersteinen und ihr Geschrei, wenn er sich über die Galerie beugte, sah er sie mit rotem Gesicht und zerzaustem Haar an dem Esel zerren, der nicht vorwärts wollte. Manchmal blieb sie länger im Viertel Bout-des-Ponts, wo die Fischhändler waren, und schaute den Fährbooten und Flößen zu, die den Fluß hinabfuhren und Fayencen aus Nevers, Weine aus Beaune, Holzbohlen bis nach Nantes brachten. An solchen Tagen kam sie ein wenig später zurück, er sah sie vom Vorbau herhasten, die Körbe auspacken und ohne ein Wort zu den Schränken und an den Kamin eilen, wo sie sich um das Feuer kümmerte.

Hie und da ging er zu ihr, es war eine Art Verabredung, er setzte sich ans Fenster oder, wenn es kalt war, vor den Kamin, sogar an den Tisch, wo sie, ohne zu reden oder ihn auch nur anzusehen, das Essen vorbereitete, sie wandte sich den Terrassen zu, der Sonne, die den Sand der Alleen weiß färbte, dann plötzlich hinter einer Wolke verschwand, sie ging in den Keller, Wein zapfen, Öl und sauren Traubensaft holen, putzte im Schoß ihrer Röcke Gemüse. Sie redete über die Zeichnungen, sagte, daß sie sie manchmal anschaute, es seien sehr schöne Zeichnungen. Redete über den Schüler Salaï und seine Abreise. Redete über den Engel. Getroffen in einer Gasse im Viertel Armoreri, Schwerter, Harnische, Schilde. Dreckig, verlaust. Auf den Lippen Frechheit. Es hieß, die Frauen und Kinder aus Nubien, jenseits des Nils, hätten diesen Blick. Er betrachtete das Kind und rührte es nicht an, außer um es zu waschen, denn es war immer noch schmutzig, zeichnete es, durchsichtiger Blick unter schweren Lidern, mit offenen und mit geschlossenen Augen, lächelnd, schlafend. Und bald nackt auf Pferden. Ein Kind der Götter geworden, ritt es ohne Sattel und galoppierte durch die lombardische Ebene wie von wilden Horden verfolgt. Er erinnerte sich. Vergaß. Es war das Jahr, als der Genueser, die Berechnungen des Ptolemäus überprüfend und Marco Polo wiederlesend, bis auf hundert Meilen an Thule herankam – das Meer, erzählte er bei seiner Rückkehr, war noch nicht gefroren –, von Madeira zu den Azoren aufbrach und zum Schluß die Küsten Guineas bereiste, über die Küsten Afrikas nach der Seidenstraße suchte. Er hatte noch nicht das große Meer überquert, kannte die Inseln nicht, wohin ihn die Ostwinde tragen würden, ahnte noch nichts von den unbekannten Welten. Sie sprachen über das Meer und die großen Reisen, über die, die den Priester Johannes und den großen Khan in Babylon und die Menschen gesehen hatten, die die Toten den Vögeln hinwarfen, Blut tranken, ihre Frauen den Fremden anboten. Auf ihren Schiffen brachten sie, wenn sie zurückkamen, Balsam und Diamanten mit, Gold und Seide, braunhäutige Frauen. In Ragusa lebten Menschen, die weder Christen noch Sarazenen waren, wie Tiere und verkauften sich um nichts auf den Märkten der Stadt.

Sie sah zu, wie er zeichnete, er zeichnete den Engel – der Engel schloß die Augen, öffnete sie, wandte sich ab –, stürmischen Himmel, Gesichter, Gesichter, und am Ende sprachen sie über das Meer.

(Sie stellte sich das Meer vor und das Wasser ringsum, wo auch der Blick sich hinwandte, Wasser bis zum unendlichen Horizont, die großen Wellen und das unaufhörliche Rauschen, wie das Rauschen des Flusses auf den Steinen in der Mitte des Flußbetts, das Tosen des Wassers gegen die Steine, Tag und Nacht das Rauschen, das sie liebte, sie stellte sich die vor, die über das Meer in unbekannte Länder fuhren, wo die Sonne brannte und manchmal heftiger Regen fiel, sie ließen alles hinter sich, wußten, daß sie nicht wiederkehren würden, mußten sie nicht die Hoffnung verloren haben, manchmal sprach sie, ein schnell hingesagtes Wort, und dann wandte ihr Blick sich ab, es war, als hätte sie eine Frage gestellt, der Satz blieb in der Luft hängen, sie stand auf und schob Steineichenscheite in den Herd, ein gutes Holz sagte sie, das brav und langsam unter den Kochtöpfen brannte, sie rückte den Feuerbock zurecht, schürte das Feuer unter den Bratspießen, sie sprach über das Meer und den Fluß und den bewölkten Himmel, über die Farbe des Flusses, über das in der Mitte des Flußbettes hellere Wasser, sie hatte die Königin in ihrer Galiote gesehen, die bis ans Meer fuhr, sie hatte die großen gelben Segel gesehen, die die Männer gegenüber der Insel gehißt hatten, in der Biegung des Flusses blähte der Wind die Segel der Tartane, die in der Sonne ausbleichten, sie sprach über das Meer, von denen, die losfuhren und die Welt, die vier Flüsse des Paradieses suchten. Sie verstand.)

Manchmal wurden die Bewegungen langsamer – Müdigkeit oder ein Zögern, oder auch, daß sie sich Zeit nahm für die Dinge, die sie tat –, so langsam, daß sie fast stillzustehen schienen, kaum noch zu erraten waren, wie ein Blick aus sich schließenden Lidern, nichts bewegte sich mehr außer dem Feuer im Kamin, dem Holz, das lange seine letzten Kräfte ausschwitzte und dann auf einmal seine Funken hoch in den Kamin sprühte. Als stünde die Zeit still, verharre so lange reglos, wie es brauchte, wieder Mut zu schöpfen, einfach und so stark war die angehaltene Zeit, daß vielleicht nichts anderes mehr zu erhoffen war, er erriet den Blick unter den reglosen, durchscheinenden Lidern, leicht gestockt, wie behutsam bearbeiteter Porzellanton. Er schaute sie an, wie er eine Unbekannte angeschaut hätte, wandte sich zu ihr um und folgte ihr mit den Augen, wenn sie sich ohne ein Wort entfernte.

Der Sommer richtete sich ein, Tag für Tag bewunderten sie das Licht, das ruhige, strahlende Blau. Auf den Wegen kehrten die Frauen mit Garben auf den Schultern heim, sie gingen neben den Maultieren, die schwer mit Gras bepackt waren, das ihnen gegen die Flanken schlug, plagten sich, wenn es bergauf ging. Sie redete vom Sommer und dem Korn, das gelb wurde. Vom Licht über dem Fluß. Er sprach vom Licht und vom Schatten, der nicht derselbe war, von der Toskana und der großen Hitze, den Sommern seiner Kindheit. Er beschwor den leuchtenden Schatten unter dem Blattwerk, die Ritte über die Hügel und Berge, als er in die Heimat zurückkehrte, die tiefen Täler und die steilen Pfade, von weitem sah er Heckenrosen und die Reihen der Weinstöcke, die rosafarbenen Dächer um den Kirchturm. Die Mutter wartete auf ihn, sie hatte das Essen zubereitet und den Tisch gedeckt, schön wie jener Juniabend, als man sie in einer Scheune ins Heu geworfen hatte, Ser Piero, ein junger Notar und Abkömmling von Notaren, liebte die Frauen so sehr, daß er nicht wußte, wenn er eine an sich preßte, ob um der künftigen Hochzeit oder um der nahen Lust willen, die ihn mit solcher Gewalt übermannte, daß er alles übrige vergaß, allein war die Bäuerin auf dem Hof in den Hügeln niedergekommen, heimlich und verstohlen, in stiller Angst wie eine Hündin, wenn sie wirft, er betrachtete sie in ihren blauen Kleidern, das große blaue Licht, das an Sommerabenden das braune Fleisch enthüllte, und die ganze Zeit, während er sie betrachtete, dachte er an die Vergangenheit, suchte hinter den Blicken und den Gerüchen die Wärme und den Duft ihrer Haut, Bilder, Bilder, eines Tages ein Lächeln, wie sollte man es ausdrücken, während er sich schon, auch daran erinnerte er sich, ihr Alter und ihren Tod vorstellte, sie würde sterben, es gab Tage, wo er nur daran dachte und an die Zeit, die verging, endlos verging, er rechnete nach, ungefähr zwanzig Mal mußte er sie wiedergesehen haben, nachdem er aus der Toskana fortgegangen war, zwanzig Mal hatte sie warten müssen, daß er auf dem Pfad durch die Weinberge kam, hielt die Arme für ihn auf, zwanzig Mal war er aus Venedig, Rom und Mailand gekommen, den Duft ihrer Haut und den ihrer Kleider zu riechen, von Jahr zu Jahr änderte sich der Duft, wer wußte es denn, änderte sich, bis eines Tages dieser Geruch nach Müdigkeit, der säuerliche, traurige Geruch kleiner Greisinnen daraus wurde, die das Leben verbraucht hatte und die nichts mehr zu verlieren und zu fürchten hatten, den Tod nicht und nicht einmal die unerträgliche Verlassenheit.

Er sagte, daß er den Sommer liebte, er hätte den Park vergrößern mögen, Bögen hinten auf den Terrassen entwerfen, dort Bäume pflanzen, die er hätte großwerden sehen, Zypressen wie dort im Süden auf den Hügeln, große Pappeln und weitere Steineichen, er zeichnete Alleen zum Bach hin und er sah sie mit wehenden Röcken die Alleen heraufkommen, dann verzichtete er auf den Park, verzichtete auf die Zukunft, zeichnete Lockenköpfe, Katzen, geöffnete Hände, dachte an den Tod, der kam, daran, wie seine letzten Jahre sein würden. Der Schüler Salaï war abgereist, er hatte ihn bis vor den Wald nach Gué-Péan begleitet, eines Morgens hatte sie gesehen, wie sie im Morgengrauen mit ihren Pferden über die Terrassen gingen, unter dem Gewölbe hindurchritten und sich über den Felsenweg entfernten, am Anfang der Kiefernwälder waren sie abgestiegen, vor den Weilern, die ein Stück weiter in der Mittagssonne glänzten. Sie hatten sich ein letztes Mal angeschaut, er hätte später selbst nicht sagen können, wie lange, er hatte ihn auf seinem Pferd wegreiten sehen, auf dem Rappen, schwarz wie er selbst, mit dem er aus Italien gekommen war, reglos hatte er auf seinem Reittier gewartet, bis er verschwand, zu einem kaum wahrnehmbaren Punkt auf den Hügeln wurde, wo er ihn manchmal unter dem Blattwerk noch erriet, dann hatte er aufgehört ihn zu sehen.

Wenn er sich ans Fenster stellte, sah er die Felsen und die Schloßmauern, dahinter erriet er den Fluß und die Sonne auf dem hellen Sand, er dachte an die Länder, die sie auf dem Weg hierher durchquert hatten, er dachte an den, den er nicht mehr sah, alles zog sich zusammen, und die Lust, die Liebe waren dahin. Die Bitterkeit der Dinge. Er sagte sich, daß er nicht unglücklich war. Wenn sie ihre Arbeit getan und den Tisch gedeckt hatte, setzte sie sich, manchmal nahm sie ihm gegenüber vor den Fenstern oder am Kamin Platz, sie wartete, bis das Geflügel gar war, oder auch, daß sie zum Essen kamen, das Feuer ließ ihre Augen leuchten, tauchte ihr Gesicht in Farbe, die helle Haut, die auf den Lidern welkte. Sie schaute auf ihre Hände oder durch das Fenster auf die gestutzten Buchsbäume, die sanft die Sonne streifte. Bitter, lau, friedvoll drang der Geruch in die Küche. Sie war da, ohne da zu sein, er wußte nicht, woran sie dachte.

Wenn sie zu den Höfen ritten, nahmen sie sie mit, sie holten Öl oder Rinder- und Schweinehälften zum Einpökeln, sie nahmen den Weg am Fluß entlang, der hinter den kleinen Dörfern auf den Wald traf, der Sommer war heiß, kein Wind, nicht ein Hauch kam von den Hängen, die Straße zog sich zwischen Roggen- und Weizenfeldern dahin, den regungslosen Fluß entlang, hinter den Buschwäldern lag der Horizont vor ihnen, auf allen Seiten sahen sie den Horizont und den vor Hitze weißen Himmel. Die Straße kannte sie, hier war sie entlanggekommen, als sie die Torfmoore verlassen hatte. Als sie gekommen war, um in den Häusern am Fluß zu dienen. Es war Sommer gewesen wie jetzt, sagte sie.

Bei Artigny, nach den letzten Häusern am Hang, sahen sie eine Frau, sie lief auf der Böschung, ging unter den Bäumen hin und her oder streckte sich etwas weiter vorn im Graben eines Weinbergs aus, als sie vorbeiritten, sahen sie das blasse, üppige Fleisch unter dem geschürzten Stoff, das Lächeln auf den Lippen. Sie betrachteten sie, ohne etwas zu sagen. Sie kamen an und luden Tonkrüge und Fleischhälften auf die Maultiere, gingen einen Augenblick an den Tümpel, um die Tiere zu tränken. Die Männer sprachen vom Feuer im Buschwald weiter unten, gegen Pont-Levoy zu, es war so heiß, daß die Erde, sagten sie, angefangen hatte zu brennen, der Boden war auf der ganzen Länge des Unterholzes verbrannt, unter dichten Rauchschwaden, so beißend und zäh, als hätte die Erde selbst sie geboren, aus Theray und Grandbeauvais waren sie mit Karren und Eimern gekommen und hatten die ersten Feuer gelöscht. Als sie zurückkehrten, erreichte die Sonne das andere Ufer, färbte den Ufersand gelb, die Frau war fort oder vielleicht noch da mit ihren geschürzten Röcken, sie ritten vorbei, ohne hinzusehen, aufrecht wie keine sonst saß sie auf ihrem Tier, die Augen weit nach vorn gerichtet, manchmal verschwand sie hinter einer Hecke, verwickelte sich in den Röcken, die sie mit dumpfem Rascheln zusammenknüllte, wenn sie sie wieder einholte, trabte sie auf dem Esel, die Lippen zusammengepreßt und den Blick in die fernsten Fernen des Horizonts gerichtet. Später fiel ihnen in der Sonne das Weiß der Mauern des kleinen Hafens auf, die hellen Schatten auf der Erde des Weges. Es war kurz nach vier. Schon von weitem, von so weit wie sie konnte, suchte sie die Felsen und ließ sie nicht mehr aus den Augen. Maultiertreiber, die von Montlouis oder Chaumont zurückkamen, kreuzten ihren Weg, weiter unten sahen sie einen Mann auf seinem Pferd über den Fluß setzen. Als sie ankamen, hörten sie von Saint-Denis und Notre-Dame-des-Grèves zur Vesper läuten.

Da redete sie. Rot vor Zorn, laut und deutlich, damit sie es hörten. Sie redete von der Frau auf der Böschung, sagte, man werde ihr die Kleider vom Leib reißen und sie nackt den Hunden vorwerfen, die sie auffressen würden, andere waren für weniger als das verurteilt worden und mußten schreiend um Gnade betteln, wurden ohne Haube und mit einem Strohwisch in der Hand dreimal am Markttag an den Pranger gestellt und über die Kreuzungen geprügelt. Was sie anging, was sie dazu zu sagen hatte – sie bete zu Gott und allen Heiligen, daß die Läuse sie bis auf die Knochen zerfräßen.

Die Hitze nahm zu, sie schloß Türen und Fensterläden, schützte sich auf Bäuerinnenart vor der Hitze, wie man sich in einer belagerten Stadt vor dem Feind schützt, sie setzte das Haus unter Wasser, lief unablässig mit ihren Eimern zum Brunnen, kam zurück, leerte sie mit einem Ruck über die Steinplatten, nahm erschöpft die Haube ab, wie eine andere ihren Strumpf ausgezogen hätte, entblößte sich, zeigte das Unsichtbare, die Sonne ließ das Haar gegen den ordentlich gezogenen Scheitel glänzen. Mit einer Hand strich sie die Härchen glatt, die sich, noch blond oder auf halbem Weg zwischen blond und grau, über der Schläfe kräuselten, dann setzte sie die Leinenhaube wieder auf, sie sah anders aus je nachdem, ob er sie im Schatten oder im Licht anblickte, an manchen Tagen war sie nicht wiederzuerkennen. Kurz nach Mittag ging sie zum Bach hinunter, wenn sie wieder heraufkam, war der Saum ihrer Röcke feucht wie die Strähnen, die sich im Nacken aus den Nadeln gelöst hatten. Er verbrachte seine Tage im unteren Saal mit dem Studium von Maschinen oder mit Zeichnen, manchmal kam ein Brief aus Mailand, ein anderer aus

Empoli, vom Schüler Salaï oder von Lorenzo, einem der Brüder, der ihm von der Familie schrieb, sie brachte sie ihm wortlos, rückte die Haube zurecht oder steckte einen Zipfel ihrer Schürze im Gürtel fest und verschwand in den Tiefen des Hauses. Im Park summten die Alleen vor Bienen, die Zeit stand still. Wenn er aus der Siesta erwachte, sah er sie durchs Fenster über die Terrassen laufen, dann hörte er ihren Schritt auf der Galerie, später, wenn die Sonne an den Pappeln vorbei war, ging sie hinunter, im Moos des Wäldchens Erdbeeren pflücken, langsam kam sie mit ihrem Korb die Allee wieder herauf. Ein wenig später noch, wenn er in die Küche kam, aß sie auf einer Bank vor den Kellerstufen, sie beobachtete ihn, er fing ihren Blick auf, der sich entzog, dann das verstohlene, wirre Geräusch der Röcke, wenn sie sich, ertappt, aufrichtete, sich mit gleichgültiger Miene an einer Truhe zu schaffen machte, sie blieb einen Moment dort und suchte, schließlich nahm sie einen Lappen, eine Tischdecke heraus, er roch den Duft der Provins-Rosen, die auf der Wäsche lagen.

Als sie auf der Straße am Fluß Männer sahen, die nach Orléans unterwegs waren, um den Kelch des heiligen Evortius oder das Holz des wahren Kreuzes zu berühren, sagte sie, der Sommer gehe zu Ende.

Als der Herbst kam, bemerkten sie es kaum, es war so mild, daß sie abends das Feuer ausgehen ließen. Kurz vor Allerheiligen verdunkelte sich der Himmel. Die Milde blieb, eine feuchte Milde, die den Rauch auf die Dächer drückte, Gärten, Terrassen und das Wäldchen am Bach mit ihrem Dunst vergiftete. Langsam und still ging der Sommer zu Ende. Eine Traurigkeit lag darin, die Gewißheit, daß mit dem Sommer etwas anderes zu Ende ging.

Sie war es, die das dachte, wortlos zu verstehen gab. War es der schwere, graue Himmel, so schwer und grau, daß sie sich fragten, ob sie jemals die Sonne wiedersehen würden, oder war es die Zeit, die manchmal stillzustehen schien, die erstaunliche Ruhe, die sie umgab, oder war es etwas anderes, von dem sie nichts wußten? In jenen Tagen legte sie eine ganz neue Zurückhaltung und Aufmerksamkeit an den Tag. Ihre Bewegungen wurden langsamer, sie ging mit kleinen Schritten und so vorsichtig, daß man glauben konnte, sie befürchte, den Raum um sich zu zerknittern, in Gedanken versunken, besorgt, wie wenn man wartet und alles möglich scheint, sie schauten sie an, beobachteten, wie sie sich abseits hielt, auf der Lauer wie ein Tier, das Gefahr wittert, regungs- und lautlos, mit angehaltenem Atem.

Rauch von den brennenden Brachfeldern und die Gerüche aus den Böschungen hingen in der Luft.

Der Himmel wurde noch dunkler, morgens und abends war es mild, kein Wind. Tagelang beobachteten sie den niedrigen feuchten Himmel, undurchsichtig wie der Schlaf. Sie sahen sie an, als ob sie verstünde, was geschah, und es ihnen erklären würde, sie kamen abends früher herunter und setzten sich ums Feuer, streckten die Beine aus, hielten ihre Hände über die Flammen. Sie bewegte sich beim Schein der Kerzen mit kleinen Schritten, in sich selbst zurückgezogen, fast unsichtbar in dem engen Kreis zwischen Tisch, Truhen und dem Herd mit seinen zitternden Schatten. Sie sprachen kaum. Sie begriffen, daß sie in dieser Küche herrschte, wortlos, wie man über ein Reich herrscht. Sie schwiegen ihrerseits, sie warteten.

Er vergaß den Engel, ließ die Hefte, ging kaum noch aus. Er bat die Schüler, die Anatomiestudien hervorzuholen, er verbesserte die Linie eines Muskels oder eines Nervs, malte eine Membran, einen Riß rot, er gab den Schülern Erklärungen, sagte, sie müßten, um den menschlichen Körper zu malen, wissen, was unter der Haut liegt, Knochen, Muskeln, Nerven, sie müßten das Unsichtbare kennen.

Reisende kamen zu Besuch, verweilten, während die Diener die Pferde tränkten, in den Alleen und auf den Terrassen, spazierten über die Galerie, von wo sie den Park bewunderten, kamen in die Küche, wo sie in Eile ein Mahl zubereitete, später, wenn sie Geflügel und Ragout servierte, sagten sie, sie hätten noch nie etwas so Gutes gegessen, weder in Deutschland noch in Flandern noch sonst irgendwo, wo sie gewesen waren. Sie unterhielten sich über die Angelegenheiten ihrer Länder, über die so lang sich hinziehenden Kriege, über die Bäume im Rheintal und den Mont Saint-Michel, von dessen Höhe, sagten sie, man bis nach Spanien sehe. Die Schüler holten die Zeichnungen. Er erklärte, wie er die Leichen in den mailändischen und römischen Spitälern studiert hatte. Die Reisenden waren erstaunt, bewunderten die Schönheit der Zeichnungen und dieser Forschungen, fragten, ob das schon jemand vor ihm getan habe. Er sagte, er wüßte es nicht. Wenn die Reisenden wieder aufbrachen, füllte sie Glut in die Fußwärmer und stieg hinauf, um in den Zimmern die Mörser mit Öl zu füllen, sie blieben in der Küche und redeten, sprachen über den Tag, genossen die Abendluft. Wenn sie mit ihrer Arbeit fertig war, wünschte sie ihnen gute Nacht und stieg in ihre Dachkammer hinauf. Dort oben hörte sie ihre Stimmen und ihr Gelächter und die Klage der Schleiereule im Wäldchen am Bach.

Im November zu Sankt Martin sahen sie durch die Vorstädte Leute zum Markt kommen, die Straßen füllten sich mit Gerüchen, mit dem Getrappel von Tieren, manchmal kamen die Leute von weit her, in ihren Körben nichts als Plunder, Nadeln und Bänder, sie blieben eine Woche und zogen weiter zu anderen Märkten in anderen Städten, sie sagte, die Armen liefen durch alle Königreiche, die Welt sei nur ein langer Streifen Erde unter dem Himmel, und wenn man lange lief, stieß man am Ende auf einen bodenlosen Abgrund, es gab welche, die bis dorthin wollten, die keinen anderen Ort hatten, um ihre Schritte hinzulenken, nie einen anderen gehabt hatten, sie kannte welche, die weggegangen waren und die man nie wieder gesehen hatte, sie hatten gesagt, sie wollten in weit entfernten Kathedralen zum heiligen Jakobus oder zur heiligen Maria beten, eines Tages waren sie stehengeblieben, hatten Sankt Jakobus! Sankt Jakobus! geschrien, und man hatte sie am Wegrand begraben, zu ihren Häupten ein Holzkreuz aufgerichtet. Sie erzählte, sie hätte gerade zwei Kinder gesehen, die zusammen nur einen einzigen Körper hatten, sie saßen in einem kleinen, von Hunden gezogenen Wagen, sie wollten zur Mutter Gottes von Cléry beten, der Vater, ein Schäfer, schritt neben ihnen, sah immerfort geradeaus, seine Augen ließen den Horizont nicht los, sie hatte sie bei Artigny den Fluß überqueren sehen.

Für den Winter ließ er ihr Schnürstiefel anfertigen und bestellte für ihre Röcke eine Elle Barchent, 7 Sols, und dazu, 4 Sols, eine Elle blaues Leinen für zwei Sonntagsmieder. Er fragte sie, ob sie genug Hauben und Kappen hätte, sie sagte, alles sei gut, wie es war, und er solle sich nicht um sie kümmern.

Er zeichnete wieder, die steifen Finger um den Stift geklammert, nahm er die Arbeit von San Spirito und Santa Maria-Novella wieder auf, die Körper nackt, enthäutet, aufgeschnitten, dann gezeichnet, einen ganzen Winter lang hatte er in der Nacht der Kellergewölbe, in den Krankensälen zugebracht, er hatte sie in dem Gewirr rauher Stimmen und dem scharfen Geruch der erbärmlichen Betten besucht, bevor sie starben, er wollte wissen, verstehen, manchmal schliefen sie, er sah sie hinter den Hanfvorhängen schlafen, schon zeichnete er den Tod, die Augenblicke, die dem Tod vorausgingen in einem heftigen, stillen, verzweifelten Aussetzen der Zeit, später würde er sie in der Mitte aufschneiden, Männer, Frauen, Kinder (und manchmal im Bauch der Frauen das Kind, das mit ihnen gestorben war, zusammen gekrümmt, als willige es ein), er zeichnete sie, er erinnerte sich an sie, wie sie gesprochen hatten, wie sie ihm die Hand gegeben hatten, er dachte an den Alten, der auf dem Bettrand sitzend gestorben war, während sie plauderten, an die Verrückte, die nachts am Fluß ihre alten Weisen sang, sie hatte das Leben so sanft verloren, daß alle dort davon geträumt hatten.

Eines Abends vor dem Essen war sie hinausgegangen, um Holz zu holen, er hatte sie mit dem Bündel hinter den Scheunen gesehen, sie ging unsicher, taumelnd, weder Hüfte noch Bein folgten der Bewegung, sie hinkte über die Terrassen, ging vor ihm vorbei, dann brach sie krachend das Holz, schob es in kleinen Bündeln unter die Scheite. Sie hatte nichts gesagt, leise brach die Nacht an, bald würde sie Glut für die Bettwärmer herausnehmen. Als sie sich zu ihm umwandte, zog er den alten Pelz über der Brust zusammen und schloß die Augen.

Sie fuhr fort, Neuigkeiten aus der Stadt zu berichten, erzählte von denen, die am Tritt eines Tieres gestorben waren, oder weil sie sich in der Kirche verkühlt hatten, sie redete vom Fluß, von den Fluten, die in Schnellen und Strudeln dahinstürzten, sich auftaten und die Unvorsichtigen mit sich rissen, unter der Schiffsdurchfahrt hatte man gerade die Leiche eines kleinen Hirten aus Chaumont gefunden, nach dem seine Mutter ein ganzes Jahr lang gerufen hatte. Sie erzählte von den Wolfsjagden auf den Uferböschungen bei Montlouis, und wie, nachdem das männliche Tier in Tüchern gefangen war, die Leute auf ihren Schiffen der Wölfin entgegengefahren waren und sie fanden, sie war in den Fluten umgekommen. Sie sagte, sie hätte schlecht geschlafen, die Henne hätte nach dem Hahn gegackert oder der Steinkauz geschrien bis zum Morgen. Sie sprach leise, hob die Stimme nicht, wenn sie sprach, war es, als daure die Stille fort, sie hörten die letzten Karren aus den Vorstädten rumpeln, die Männer in den Schenken würfeln und singen. Sie redeten über Italien und die nicht enden wollenden Kriege, über jene, die immer noch mit auf die Schenkel gestützten Lanzen in die Städte einfielen, die unteren und die oberen Befestigungsmauern beschossen, die Festungen erstürmten und abends, mit Beute und Raubgut beladen, in den Tälern ihr Lager aufschlugen, ohne zu wissen, wer die Schlacht gewonnen hatte, sie oder der Feind, die

Kriege in Italien nahmen kein Ende. Sie redeten über die großen Reisen und die unbekannten Meere, von denen, die in westlicher Richtung nach Gold und Seide suchten und eines Tages Kurs auf das große Land am Orinoco genommen, eines Abends die erste der Inseln erreicht und, ohne noch länger zu warten, Gott auf den Knien dankend San Salvador de Bahamas urkundlich in Besitz genommen hatten. Jetzt brachen andere dorthin auf, erschlossen das neue Land unter der sengenden Sonne, dachten an nichts mehr als an das Zuckerrohr und seine perlmuttfarbenen Stiele vor dem hellen Himmel, an die Frauen mit der braunen Haut, an die linden Winde. Ein wenig später ging sie in ihre Dachkammer, sie stieg mit ihrem Krug in der Hand hinauf, manchmal stieß sie gegen eine Stufe und ging weiter, ohne auch nur zu seufzen, bis zu dem engen Hängeboden, dann hörte man nichts mehr, nicht einmal das trockene Knistern des Strohs, wenn sie sich hinlegte. Er stellte sie sich vor, wie sie am Bettrand saß, unfähig, sich niederzulegen, und sich sagte, daß es doch Zeit sei zu schlafen, an den zu Ende gehenden Tag und an die Dinge dachte, die gesagt oder getan worden waren, und die Zeit so lang dehnte, wie sie nur konnte, oder aber wie sie, reglos im Bett liegend, zur Decke starrte und unvermittelt in schweren Schlummer fiel, am Morgen in derselben Stellung erwachte, die am Körper ausgestreckten Arme eng vom rauhen Hemd umschlossen und das Gesicht dargeboten wie das der in den Kirchen auf Sarkophagen ruhenden und würmerzerfressenen Leichname.

Manchmal kam sie auf ihn zu, als wolle sie etwas sagen, er traf sie unten an der Treppe oder mit ihren Eimern oder einem Reisigbündel auf den Terrassen, er beobachtete das Zögern, die kaum wahrnehmbare Verwirrtheit, aber im nächsten Augenblick rückte sie mit kleinen Bewegungen ihre Haube zurecht, klopfte sich vorn auf die Röcke, um sie glattzustreichen oder unsichtbare welke Blätter fortzuwischen. Sie setzte ihren Weg in die Küche fort, wo irgend jemand angekommen war, dann band sie sich abseits hinter den Tischen die Schürze fester übers Kleid und kehrte ihnen den Rücken zu, zog geräuschvoll Pfannen und Näpfe aus den Truhen und bereitete Eierkuchen oder heiße Milch zu. Noch später sah er das Grau ihrer Augen dunkel werden, wie einen Teich unter Regenhimmel. Er kam zu ihr und fragte sie, ob etwas sei. Sie sagte: Nichts, Messer, und entfernte sich unter größerem Geraschel ihrer Röcke als sonst.

Grau und mild ging der Herbst vorüber, mit den Westwinden kamen im Dezember die ersten Regenfälle, vom Horizont bis über die Stadt zogen sich Wolken zusammen und platzten unvermittelt über den Dächern, über dem grauen Fluß, den hohe Wogen durchliefen, sie dachten an den nahenden Winter, an das Ende der Dinge. Er zeichnete Stürme, beschwor den Nordwind und die Erde, wenn sie bebte, die Vulkane Italiens, den Ätna, den Stromboli, Wasser, Wind und Feuer, wenn die Erde rund war, hing das Wasser der Ozeane und der Flüsse in den Lüften, und jedes Mal, wenn ein Orkan sich erhob, konnten ganze Länder verschlungen werden, so wie das Meer es mit ganzen Städten getan hatte, wie man sagte. Sie gingen zuschauen, wie die Leichter unter der Brücke hindurchfuhren, in voller Fahrt den Mast umlegten und sich einer hinter dem anderen durch die Schiffsdurchfahrt fädelten, sie redeten über die, deren Körper zwischen Brückenbogen und Schiffsflanke zermalmt wurde, oder die, die in den Fluß fielen, man holte sie mit Seilen herauf. An windstillen Tagen warteten die Männer mit der Rückfahrt oder aber sie spannten sich, die Füße im Wasser, vor die Schiffe und zogen sie mit den Ochsen flußaufwärts, manchmal gingen sie so zu Fuß von Nantes bis ins Oberland zurück, machten hier Rast und baten um ein Nachtlager. Für sie wurde Stroh vor dem Kamin ausgebreitet, im Morgengrauen machten sie sich wieder auf den Weg.

Der Winter brach an, die Traurigkeit. Stunden der Zuversicht. Noch einmal würde man warten müssen. Auf die Anzeichen von Milde, auf das Blau des Himmels und die Sonne, die die Steine wieder wärmen würde. Abends blieb sie jetzt länger am Fenster sitzen, schweigend, hinausschauend, die Hände im Schoß ihrer Röcke faltend und lösend. So hatte sie sich jeden Abend, seit sie in den Häusern am Fluß diente, ans Fenster gesetzt, sagte er sich, und die Hände im Schoß ihrer Röcke gefaltet und gelöst, mit diesen Dingen, die sie zu sagen hatte und nie sagen würde, die sie verschwieg und dabei zeigte, daß sie sie in bitterem Schweigen verschwieg, als gehöre das Verschweigen und das Zeigen, daß sie sie verschwieg, zu der Traurigkeit, der Einsamkeit, zu dem unendlichen Grau, zu der endlosen Zeit, wenn sie an die Unbilden der Zeit, das schwierige Leben, in den Weinbergen liegende Frauen dachte. Sie, sie würde man nur ausgestreckt sehen, wenn sie tot wäre. Sie, die die Hingabe nicht kannte, nicht einmal die Vorstellung von Hingabe, würde mit den Leiden und den Dingen davongehen, die man nicht sagte, nicht gestand, niemandem, Dingen, die man hütete bis zuletzt, zu Gott betend, daß sie einem nicht im letzten Moment über die Lippen schlüpften, ja, das war es, sie dachte an die Dinge, die man nicht sagen durfte, die man für immer für sich behielt.

Der Winter war streng in diesem Jahr, kurz vor Weihnachten nistete die Kälte sich ein und die Flüsse froren zu, weiter weg hinter dem Hügel gebar eine Kuh ihr Kalb in den Schnee. Die Vögel fielen auf den Weg, schnell erstarrt, vom Eis überrascht. Sie sprachen vom Winter 1510 in Florenz, als der Regen am Himmel gefror, wie Diamanten auf die Straßen fiel (und der Sommer darauf war so heiß gewesen, daß die Pest und alle Höllenplagen in die Stadt eingezogen waren, dreimal hatte die Erde gebebt und die Menschen hatten die Nacht auf den Plätzen verbracht). Sie gingen wenig aus, sie arbeiteten, zeichneten Maschinen, sie sah sie Holzstücke, merkwürdige Formen über die Terrassen ziehen, sie bereiteten ein Fest vor, sagten sie, bald würde sie Karussells und Triumphbögen auf den Wiesen, unbekannte Tiere die Alleen hinablaufen sehen. Sie redeten über die Feste il Magnificos in Florenz und il Moros in Mailand, über die Tausende, die auf Pferden in seidenen Schabracken mit kleinen Schrittchen durch die Straßen paradierten, über grüne Wäldchen, wo die Herren Löwen freiließen oder die Hengste und Stuten aus ihren Ställen, damit sie sich vor der Menge wieder und wieder besprangen. Sie erzählten von dem großen *palio.* Götter und Nymphen, die von den Wagen stiegen und in den letzten Sonnenstrahlen auf die Triumphbögen zuschritten.

Müde (manchmal fühlte er den Tod nahen), alt und ohne Traurigkeit fertigte er Engel an, schön und sinnenverwirrend, sie schlugen über den Eiben mit den Flügeln und fielen sanft ins Gras der Blumenbeete zurück. Still setzte er sich am Abend zu ihr und schloß die Augen, er wandte seine letzte Kraft an etwas, das am nächsten Tag nicht mehr existieren würde, arbeitete daran wie an seinem ehrgeizigsten Werk. Welchen Unterschied machte das. In Santa Maria delle Grazie hatte er die gelehrtesten Regeln der Perspektive, der Geometrie und die Proportionen des menschlichen Körpers studiert, er hatte die Apostel in Dreiergruppen geordnet, in herrlichen Blaugrün- und Ockertönen, die Gesichter so schön, daß er nicht mehr wußte, wie er den Christus malen sollte. Wenn Botschafter und Kardinäle kamen, um ihm beim Malen zuzuschauen, sahen sie seine Hand zittern, in ihren Sendschreiben bezeugten sie Fiebrigkeit und Genie, der Meister machte so schöne Pferde, so schöne Apostel um den Christus, das Werk würde eines der Glanzstücke Italiens werden, Monate und Monate Arbeit, ja, dort oben auf seinem Gerüst unter dem Gewölbe der Kirchen zitterte er, abends, morgens, vor Müdigkeit, aus Sorge oder Angst, er zitterte bis zum letzten Tag. Und dann, als es vollendet war, mehr als vollendet, verblaßte das Werk, verlor Konturen und Farben, Christus und die Apostel zersetzten sich im klebrigen Kalk und der sauren Feuchtigkeit der Wände. Johannes, Jakobus, Simon und Judas, dieselben ungewissen Tönungen, derselbe verlorene Blick, dasselbe Ende der Dinge, nichts würde davon bleiben außer verwaschenen Farben und erloschenen Blicken, toter als tot, undeutlichen Umrissen, ebenso gespenstisch wie die, die sie in den Ruinen der antiken Städte aus dem Schutt gruben.

Kurz vor Februar ließ die Kälte etwas nach. Er bat, die Pferde zu satteln, und sie ritten ans Flußufer. Sie ritten langsam, ließen die Pferde Schritt gehen. Brennesseln, regenbogenfarben und glatt wie Kiesel, glitzerten unter dem Eis und das Wasser in den Wagenspuren krachte, um die Brücke brodelte der Fluß, wälzte hastig und still das letzte Eis vor sich her, braun wie der Himmel hinter den Bäumen. Gleich braun waren der Fluß und der in diesen Tagen ganz niedrige Himmel, so daß man nicht sagen konnte, wo der eine anfing und der andere aufhörte. Alles, was sie sahen, wenn sie nach Montlouis hinüberschauten, war eine Art Nebel, der den Fluß verlängerte, ein dichter Schleier, der bis zu den Anhöhen reichte, nichts mehr bewegte sich als der Fluß, der zum Meer floß, das ganze Land ruhte in dem grauen und braunen Licht, eine Süße, ein Frieden lag darin, das Unglück schien aufgehalten.

Sie machten Halt, betrachteten den Fluß, sprachen über die Winter in der Lombardei, sahen sich manchmal an, ohne etwas zu sagen, und dann bat er darum, weiterzureiten, sie nahmen die Brücke oder überquerten, wenn sie in westliche Richtung geritten waren, den Fluß auf dem Kahn des Fährmanns und kamen über die Felsen zurück. Wenn sie den Kopf hoben, errieten sie über dem Nebel eine farblose Helligkeit. Wenn sie ankamen, ging sie über den Weg vor dem Haus, sie sagten sich, daß sie wartete.

Auf den Hängen wurde das Licht blasser, von Tag zu Tag äderte es sich grau, die Winzer beschnitten die Reben, sie arbeiteten noch einen ganzen Monat, studierten Apparaturen, Kunststücke, den Lauf der Löwen und den Gang der Pferde, das Gesicht, das Haar der Engel. Die Wagen, die Götter und die Nymphen.

Den ganzen Morgen lang hatte sie mit den Frauen vom Schloß Schweinefleisch mit Schmalz bestrichen, mit Kräutern und Bouillon begossen, sauren Traubensaft und Safran hinzugefügt und es dann zum Braten in die Öfen geschoben. Jetzt, während Drachen sich über die Terrassen schwangen oder lange weiße Engel vor den Platanen schwebten, servierte sie Melonen und Wein aus Arbois, leichten Rotwein aus Orléans, Marzipan, Mandeln, Zirbelnüsse und Quittenpaste. Durch die Alleen rauschten Frauen in Taft- und Seidenkleidern, unter der Schminke einen verstohlenen, herrlichen Schimmer auf den Wangen, es waren dieselben, die im Sommer ausfuhren, um auf Wiesen zu speisen, in den Kissen ihrer um die Wette geschmückten kleinen Wagen die Laute spielten und sangen und dann abends, Diamanten und auf Goldschnüre gefädelte Perlen um den Hals, zuhause inmitten ihrer Hunde und Papageien Gäste empfingen, sich später Hals über Kopf verliebten, darüber den Verstand verloren und ins Kloster gingen, oder, wenn die Süße der Nacht in die Zimmer drang, sich Ausschweifungen hingaben bis auf den Tod.

Was sie davon hielt, brauchte sie nicht zu sagen, er beobachtete sie, wie sie den Rücken kehrte, den störrischen Nacken unter der Haube, stellte sich einen Schwindel, eine bittere Wirrnis vor, er verstand, müde sah er sie an und hätte nichts lieber als zugestimmt. Wozu, hätten weder er noch selbst sie sagen können. Wenn sie auf die Felsen hinaufstieg, schaute sie zu, wie die Loire nach Angers floß, sie schaute zu Saint-Denis und Saint-Hubert hinüber, auf die Ebenen am Flußufer, im Westen zogen sie sich bis nach Chinon, im Süden bis nach Loches. Sie betrachtete die Stadt und die Wälder, den Fluß, der zum Meer davonfloß.

Was würde von ihm bleiben, und was war das denn, die Ewigkeit – und warum war das nötig, daß plötzlich alles anders war, als sie es bis dahin gekannt hatte, oder nicht eigentlich anders, sondern wie das Gegenteil, wie wenn man einen Handschuh gewendet hätte – eines Abends, bei Einbruch der Nacht, bemerkte sie ihn im Keller, als sie im Morgengrauen aufstand, war er immer noch dort, er hatte einer Fliege die Flügel mit Honig angeklebt, er wollte, sagte er, das Geräusch und die Bewegungen dabei studieren.

Sie sah, wie der Tag anbrach, und hörte bei der Priorei den Esel schreien. Der Regen, das Blau des Himmels oder der Wind in den hohen Bäumen war das eine, sagte sie eines Abends, das Unglück hinter den Mauern das andere.

Noch einmal kündigte sich der Sommer an, heiß und ohne Regen, mit nackten Füßen in den Schnürstiefeln, die er ihr geschenkt hatte, setzte sie die Böden unter Wasser, ging mit den Eimern über den Hof und schüttete sie auf den Steinplatten aus, lag später vor den Pfützen auf den Knien, schrubbte, schabte, scheuerte, wenn sie schwankend und halb ohnmächtig wieder aufstand, schob sie mit dem Handgelenk eine Strähne zurück, die ihr in die Schläfe gefallen war, oder hielt sich, Gesicht und Hals in einem nicht enden wollenden Luftholen nach hinten geworfen, mit beiden Händen das Kreuz, ging im nächsten Moment die Eimer wieder füllen und verschwand unten in den Sälen, in den Stockwerken oder auch im Keller, und wenn er sie darauf hinwies, daß es nicht nötig sei, soviel zu wischen, zu fegen, zu putzen, fragte sie, wie sie es denn anders machen könne bei all ihrem Kommen und Gehen durch den Staub der Terrassen, bei den Fliegen und den Ameisen, die überall hereinkamen, das Haus sei schmutziger als der Boden im Stall.

Sie fingen an, auf den Regen zu warten, es war trocken für diese Jahreszeit, ein Zeichen, daß die Hitze schlimm werden würde, und die Erde auf den Wegen überzog sich mit schmalen, tiefen Rissen wie Wunden, die Sonne färbte die Felder gelb, Roggen und Weizen würden bald versengt sein, ein elendes Jahr würde es werden, sie redete von den Bauern und Handwerkern, von den Unbilden der Zeit.

Sie brachen nach Romorantin auf, weil zu hören war, daß dort nichts vorwärtsging und nichts so gemacht wurde, wie es hätte gemacht werden müssen, die Steinmetze waren nicht bereit, auch die Holzflößer nicht oder die Hälfte der Maurer, die von Nouan und La Ferté Ziegelsteine, Gips und Sand heranschafften, man begann zu reden, die Arbeiter würden krank, holten sich unerklärliche Fieber, von denen nicht einmal der Name bekannt war, und das Schloß würde nie vollendet werden. Die Reise dauerte länger als vorgesehen, es ging auf die St. Johannis-Märkte zu, die Straßen waren verstopft mit Maultieren und Karren, Hausierern und Ägyptern, die die Zukunft voraussagten und Talismane verkauften, überall errichtete man Bühnen, Absperrungen und stellte Weinfässer auf, häufte trockene Blumen und Kräuter für die Feuer auf, mehrmals wichen sie den großen Straßen aus und ritten durch den Wald, sie übernachteten in Pont-Levoy, kamen über Montrichard und Gué-Péan zurück, abends sahen sie von den Herbergen aus die Feuer auf den Hängen leuchten, und auf den Kirchplätzen hörten sie Stimmen und Gelächter, Leute, die bis spät in die Nacht tranken und tanzten.

Sie blieb allein mit dem italienischen Diener, machte große Wäsche und räumte Truhen und Schränke auf, er schlämmte den Tümpel aus, lichtete das Unterholz und reinigte die Scheffel, reparierte das Ausfalltor des Gartens und die Planken der Brücke über den Bach, dann ging er fort. Er ging bis nach Blois, um Orangenbäume für die Terrassen zu holen, und auf dem Rückweg hielt er in Chaumont, wo er sich auf Bitten des Herrn nach Reben für Laubengänge erkundigte und nach der Härte des Steins für die Säulen, die man für das obere Ende einer Allee von ihm erbat.

In den letzten Julitagen kehrten sie zurück, erschöpft von der Hitze und dem Staub auf den Wegen, es war ein Samstag und der Nachmittag ging zu Ende, der Fluß glänzte reglos unter einem leichten, durchsichtigen Nebel, in dem erloschene Goldtöne zitterten, Ruhe, Frieden lag über dem sinkenden Tag.

Die Schüler tränkten die Pferde und nahmen das Zaumzeug ab, führten sie einen Augenblick herum, bevor sie sie in den Stall brachten, er kam über die Terrassen und begrüßte sie, setzte sich für einen Moment zu ihr. Er war der erste, der in die Küche vordrang. Er war der erste, der ihn sah.

Er saß auf dem Dreibein und lächelte, ohne etwas zu sagen, den ganzen Abend lächelte er, manchmal ächzte er leise, und sein Blick hing an ihr. Er war alterslos, ging ihm durch den Kopf, er schaute die beiden an, wie sie mit dem Rücken zum Kamin aneinandergelehnt dasaßen. Sie sagte, sie hätte nicht anders können und sie würde es später erklären. Sonst nichts. Der Tag ging zu Ende. Als roter Kreis, wie geweitet, berührte die Sonne die Spitze der Felsen, dann tauchte sie den Park in ein Licht, das sie lange betrachteten. Der Abend roch nach warmem Gras und nach Buchs. Die übrige Zeit schwiegen sie, vermieden es selbst, sich anzusehen. Sie schwiegen, bis es dunkel wurde.

Als der erste Stern über Notre-Dame-des-Grèves erschien, sagte sie, mit lauter und deutlicher Stimme, als hätte sie den Atem von ganz weit her geholt, entschlossen, koste es was es wolle, den Satz in einem einzigen und verzweifelten, endlosen Ausatmen zu Ende zu bringen, sagte, die Unruhe tue ihr leid und es würde nicht lange dauern, sie verspreche es.

Dann brach ihre Stimme, mündete unerwartet in Schweigen. Sie schauten sich an und schwiegen weiter, sie ließen sie mit ihm allein und stiegen in ihre Zimmer hinauf.

Sie gewöhnten sich an seine Anwesenheit und stellten keine Fragen. Sie waren von ihr, konnte man meinen, schon ans Schweigen gewöhnt und an Dinge, über die man nicht sprach. Er blickte kein einziges Mal zu ihnen hin und hielt sich abseits, wiegte sich, leise ächzend, auf seinem Hocker. Sie gewöhnten sich an die Klagen, das Ächzen eines verletzten Tieres. Morgens, wenn sie herunterkamen, saß er neben ihr, aß Suppe oder Haferbrei. Später führte sie ihn in den Garten oder zu den Händlern in Bout-des-Ponts. Am Sonntag gingen sie auf die Insel, schauten den Jungen zu, die in den Fluß sprangen oder auf ihren Pferden ritten, Leute riefen sich von einem Ufer zum anderen, sie hörten, wie die Stimmen, das Gelächter im selben Maß lauter wurden, wie der Tag zur Neige ging. Vor der Rückkehr führte sie ihn zum Beten in die St.-Johannis-Kapelle. Er ging mit schweren Schritten und hängenden Schultern, den Hals vorgereckt und die

Augen auf den Boden geheftet, manchmal richtete er sich auf und stieß, zum Himmel hinaufblickend, kleine Schreie aus. Sie zeigte ihm die Vögel über dem Fluß, die Kraniche und Kormorane, die Scharen von Möwen auf den Sandbänken, manchmal tat sie nichts als ihn anschauen, saß da und schaute ihn an, als hätte sie ihn noch nie gesehen, ein andermal schien sie ihn zu vergessen, schaute anderswohin oder schloß die Augen. Er mußte aus irgendeinem Spital kommen oder aus einer Hütte ganz am Ende eines Dorfs, wo jemand sich um ihn gekümmert hatte, bis nichts mehr ging und man es sie hatte wissen lassen, sie, die vielleicht gar nicht mehr an ihn dachte, oder vielmehr an ihn dachte, ohne daß es allzu weh tat, wie es einem manchmal zu leben gelingt, indem man die allzu schmerzlichen Dinge beiseite schiebt, eines Abends sagte sie, früher, vor langer Zeit, habe die Mutter sie mit einem Krappfärber aus Thésée, weiter südlich beim anderen Fluß hinter dem Wald, verheiratet, der Färber habe den Sohn gemacht und sei krank geworden, sei an einem bösen Fieber, an der schlimmen Arbeit in der Nässe der Tröge gestorben. Über all die Tage, die darauf folgten, sagte sie kein Wort. Abends führte sie ihn zu dem Esel auf die Wiese, unten im Park vor dem Wäldchen, später ging er allein hin, jeden Abend zur selben Zeit ging er den Esel in der letzten Einfriedung besuchen, sie folgte ihm von oben, von der Terrasse, mit den Augen, dann setzte sie sich mit ihrer Arbeit auf eine Bank, manchmal sah sie ihn nicht mehr und rief ihn, schrie nach ihm, um sich zu vergewissern, wo er war, sie stand auf und versuchte, sich über den Rand der Allee beugend, ihn im Dickicht ausfindig zu machen, ein wenig hinter den Weiden tauchte er wieder auf, er wandte sich zu ihr um und lachte laut, er öffnete das Gatter und lief auf den Esel zu, rannte, sprang, manchmal blieb er stehen und lachte noch einmal, dann stand er eine Weile neben dem Esel, während sie sie aus den Fenstern der Werkstatt auf ihrer Bank sitzen und die Wiese im Auge behalten sahen, kein einziges Mal hob sie die Augen zu den Fenstern, aber sie wußte, daß sie da waren und sie anschauten, sie und ihn dort unten mit dem Esel auf der Wiese, und sie wußte, was sie dachten, wenn er wieder heraufkam, trocknete sie ihm die Sandalen und die Beine ab, die feucht geworden waren im Gras, er setzte sich vors Feuer und schaute den Flammen zu, neben ihm faltete sie in ihren Röcken die Hände, wandte sich zu den Terrassen um, zur Sonne, die hinter den Felsen verschwand.

Mehr denn je schwieg sie, und das Schweigen und der abgewandte Blick sagten mehr als Worte, drückten Gewohnheit und Resignation aus, in ihr sprachen all die, die sich ans Fenster setzten, ohne zu reden, und die Hände in ihren Röcken falteten, so wie in ihm, den sie mit müdem Blick anschaute, alle Idioten sprachen, es war nur ein verschwindend kleines, erbärmliches Bruchstück der Zeit, was sie sahen, ohne Anfang und Ende, schon lange waren und lange noch würden Leute wie sie in einer Straße oder an einem Garten stehen bleiben, um einen alten Esel oder einen Idioten zu betrachten, und, während sie sie beobachteten, denken, daß der Esel und der Idiot allen Zeiten angehörten, den unveränderlichen Zeiten, ewig wie der Himmel und die Sonne, die furchteinflößenden Tiefen der Erde, das Unglück, das Glück. So wie sie, die er betrachtete, die Dienerin war, alle Dienerinnen, seit die Welt existierte, seit die Zeit kein Ende fand, sie würde nie ein Ende machen, und das Leben war so kurz.

Das war es, was sie abends am Fenster sagte. Manchmal sahen sie sie zittern und glaubten, es sei die Kälte. Doch ohne ein Wort zu sagen, erzählte sie die ganze Geschichte. Eines Tages war das Unglück so stark gewesen, daß es den ältesten ins Blut übergetreten war, sie hatten es weitergegeben von Mutter zu Tochter wie ihre blonden oder roten Haare, die Blässe oder den Geruch ihrer Haut. Kaum erwachsen, erwarteten sie es, wie man angekündigte Krankheiten oder Leiden erwartet, wuschen, putzten, schwitzten ihren scharfen Schweiß in ihre vor Schmutz starrenden Kleider, rannten atemlos hinter der im Wald verirrten Kuh oder ihrem in fremden Betten betrunkenen Mann her, gebaren, gebaren, begruben wortlos jedes Kind, das an schlechter Milch oder der Waldkrankheit starb, manchmal starben sie, wenn sie noch kaum aus dem Bauch heraus waren, sie gingen in den Wald, um zur Barmherzigen Jungfrau zu beten, sie möge den Kindern einen Augenblick Leben schenken, gerade soviel, um sie zu taufen, damit sie sich nicht in die Hölle verirrten, frühmorgens begruben sie sie, ob gesegnet oder nicht, und sagten nichts mehr, setzten sich, wenn sie nach Hause kamen, und falteten die Hände über den Knien, es hätte geholfen, zu schreien oder zu klagen oder einfach zu stöhnen, wie Tiere stöhnen, leise und mit erloschener Stimme, nur so lange, bis sie das Leid weniger gespürt, mit ihm ein Auskommen gefunden hätten.

Und beim Gedanken an die, die in den Weinbergen oder anderswo ihre Röcke hoben, überkam sie das Fieber oder manchmal der Haß, andere, die nicht schöner waren als sie, legten sich hin und machten die Beine breit, erwarteten Lust, nichts als Lust, oder auch Geld und Lust, oder vielleicht Glück, wenn der Mann sie in die Arme nahm und ihnen Tollheiten ins Ohr flüsterte, Worte, die der Liebe, der Tollheit der Liebe, der Liebestollheit ähnelten, sie, um nicht mehr zu frieren und alles zu vergessen, zogen den verblichenen Stoff der Bettvorhänge zusammen, doch in ihren Träumen fing alles wieder von vorn an, sie träumten, daß sie ihr Bündel trugen, daß sie froren und nie wieder warm würden, wieder arbeiteten, bluteten und gebaren, sie schämten und schämten sich und waren so müde, daß sie beim Erwachen kaum einen Fuß vor den anderen setzen konnten, an Tagen mit klarem Himmel liefen sie tapfer die Alleen hinauf, lächelten manchmal sogar, in der übrigen Zeit, an den schlechten Tagen, wenn der Himmel wochen- und monatelang auf den Dächern lastete, setzten sie sich ohne ein Wort und falteten die Hände über den Knien.

Was sie hörten, war die stumme, gebrochene Stimme, die verschwiegene Klage. Schließlich verstanden sie, blieben still und schauten ihr zu, bemerkten, wie sich alles in ihrer Umgebung in unmerklichem Gleiten zurechtrückte, sie dachten an Schicksal, an vorgezeichnete Wege.

Als sie ihn wegbrachte, schauten sie ihn schon nicht mehr an, kaum ein Monat war verstrichen, knapp, wie sie seine Ankunft erklärt hatte, teilte sie ihnen mit, daß er fortgehen würde.

Es war an dem Abend, als der Esel starb, an dem Abend, als sie sie beim Ausfalltor fanden, den Esel und ihn, aneinandergepreßt. Er hatte den Hals des Esels umklammert und schaute ihn an, sah in die Augen, sah den Blick des auf der Seite liegenden Esels, der seinen letzten Speichel verlor. Während der Esel mit weit geöffneten Augen sabberte und leise ächzte, hörten sie beide atmen, den schweren, schmerzvollen Atem des sterbenden Esels, und, schwer und schmerzvoll wie dieser, den des Idioten, der an seinem Hals hing, sie hörten die Schreie, die er neben dem Tier manchmal ausstieß, manchmal weinte er, manchmal schrie er, und der Schrei stieg, stieg bis zum Bersten, bis er, laut und naß, wie eine Wolke dahinsegelte, die über den Dächern zerplatzt, oder wie ein Kahn, der von unvermuteten Untiefen verschlungen wird. Sie schauten ihnen unverwandt zu, so lange der Esel starb.

Sie weinte, so lange es dauerte, abseits im Gras unter den Steineichen, sie weinte lautlos, dann, als der Esel tot war, die Nacht brach schon herein, nahm sie ihn bei der Hand und führte ihn in die Küche, später stiegen sie die Treppe zur Scheune hinauf. Sie hörten sie kaum. Ja, an diesem Abend sagte sie ihnen, daß er fortgehen werde.

In den Tagen darauf wurde es so heiß, daß sie dachten, die Milde würde nicht mehr zurückkehren, noch die Wolken, noch der Wind, der abends von den Ufern aufstieg. Von Nevers bis Angers erschöpfte sich der Fluß, tröpfelte über den Sand, ausgetrocknet lag er in dem sehr bleichen, fast weißen Licht, nur noch Pfützen schimmerten zwischen dem Gebüsch. Weiter oben gegen Vendôme zu waren die Bauern zum Pfarrer gegangen, er solle Regen machen, einen ganzen Monat lang hatten sie sich abends und morgens vor Gott auf die Knie geworfen, waren in Prozessionen durch die Straßen gezogen.

Man mußte Wasserreserven anlegen, sie sagte, der Brunnen könne austrocknen, aufrecht gegen den Rand gelehnt, füllte sie die Eimer und trug sie in den Keller, anscheinend betete sie, sie sahen ihre Lippen sich bewegen, monoton wie eine Litanei drang Gemurmel zu ihnen, die Hunde stöhnten im Schlaf am Fuß der Mauern, sie blieben im Halbdunkel, eine ganze Woche lang konnten sie keinen Schlaf finden und mochten nicht mehr in ihre Zimmer hinaufgehen, er selbst ritt abends weg und kam erst beim ersten Schimmer des Morgengrauens zurück, die ganze Nacht irrte er mit seinem Tier durch die Wälder um die Felsen und weiter unten über den Weg der Schiffer. Wenn er zurück war, schlief er, zog sich dann in die Werkstatt zurück, niemand wußte, was er tat, weder die Schüler noch der Diener, sie sahen auf den Tischen unter den anatomischen Studien Pläne für das Schloß, die großen Treppen und die Säulengänge, die Arbeit des letzten Jahres, die Zeichnungen, die er eine nach der anderen nahm und betrachtete, wie er das Werk eines anderen betrachtet hätte, er arbeitete nicht mehr, sie sprachen darüber, sagten, die große Hitze erschöpfe ihn, man müsse warten, gewiß würde bald alles besser werden, er hörte sie reden, antwortete kaum, ließ sie reden, wie er die Zeit verstreichen ließ, die Tage, die jetzt manchmal so lang waren, daß er schließlich daran zu denken anfing. Er schaute ihr zu. Sie wusch die Zimmer und die Wäsche und alles, was zu waschen war, im Duft von Seife und Lavendel, den sie mit vollen Händen auf den Boden streute, jagte Schmutz und Trübungen bis an die äußersten Grenzen zurück, und gewiß auch den Augenblick, wo sie hätte denken und wo sie hätte leiden müssen, mit all ihren letzten, unglaublichen Kräften verdrängte sie das Leid, nahm es nicht zur Kenntnis, wie man nicht zur Kenntnis nimmt, was man mißbilligt, eigensinnig und tapfer. Sie hatte ihn hergebracht, sagte er sich, um ihn ihm zu zeigen, den Idioten, den Sohn aller Zeiten, wie andere ihre Krankheiten gezeigt hätten, ihren Schanker oder einfach ihre Wunden, sie hatte den Sohn gezeigt, hatte ihn vorgezeigt, wie man eine eiternde Wunde, eine lepröse Hand vorzeigt, mutig und verrückt, damit er verstünde, was an ihr zu verstehen war, und nun wartete sie mit geschlossenen Augen, daß die Entdeckung, die Erstarrung vergehe.

Er schaute sie an, vergaß die Hefte, er machte Skizzen von ihren Gesten, Bewegungen, sogar ohne sie anzuschauen, noch wenn er in sein Zimmer ging, erinnerte er sich daran, wie sie sich in seiner Nähe hastig und schweigend im dumpfen Geraschel des Stoffs bewegte, wie er ihr zugeschaut hatte, wenn sie sich in ihren grauleinenen Kleidern um ihn herum zu schaffen machte, die alltäglichen Gesten ausführte, ohne auch nur daran zu denken, ruhig und ohne mit ihrer Arbeit aufzuhören, den nahenden Tod erwartete, und er fragte sich, ob noch irgendetwas anderes Bedeutung habe. Wenn sie mit ihren Körben vom Bach heraufkam, setzte sie sich am Ausfalltor einen Augenblick hin, ihre Beine zitterten, der Atem war ihr ausgegangen, langsam stand sie wieder auf und ging den restlichen Weg, tauchte bald darauf im Türrahmen auf und lächelte, aufrecht, als hätte es nicht und würde niemals eine andere Haltung geben, ruhig setzte sie sich in seine Nähe, ja, selbst wenn nichts bliebe als der Augenblick, da er sie die Allee heraufkommen sah, und der, in dem sie bald darauf lächelnd und traurig vor der Tür erschien mit ihren von Müdigkeit und der Hitze des Nachmittags scharf gezeichneten Zügen, wenn von allem, was er je gesehen hatte, nur dieses Bild der kleinen Frau bleiben würde, deren schmale Silhouette sich vor dem Licht der Terrassen abzeichnete und die nichts mehr zu erreichen schien, konnte er sich sagen, daß er nichts vermißte und nichts zu missen hatte, warum, wußte er nicht, versuchte auch nicht, es herauszufinden, er vergaß und erinnerte sich zugleich – um genau zu sein, vergaß er nicht, sondern ließ sich von dem süßen und traurigen Gedanken, der ruhigen Gewohnheit einwiegen, einschläfern, von der Frau, die neben ihm wortlos Trauer und Bitternis in der geduldigen Wiederholung alltäglicher Bewegungen vergrub, von der eigensinnigen Bestätigung, daß alles weiterging, die Sonne ging auf und ging unter, der Himmel war blau, war grau, sie waren da, unter ein und demselben Dach vereint, wie sie es auf einem Schiff gewesen wären, das gegen das feindliche Meer ankämpft, so daß sie sich zusammen fragen mochten, wer, das Leben oder der Tod, jedesmal siegen würde, er ließ sich einwiegen, wie er sich vom Sommerwind oder von einer jener süßen und geheimnisvollen Stimmen aus der Kindheit hätte einwiegen lassen. Die Zeit verstrich, hin und wieder hob sie die Augen und schaute ihn an, jetzt schien sie seinen Blick zu suchen, ging manchmal sogar so weit, ihn ungeschickt und herausfordernd aufzuscheuchen, er beobachtete die Herausforderung, die Ungeschicklichkeit, die Verwirrung, er begriff, daß nichts mehr so sein würde wie früher und daß es gut so war, sie fragte, ob er wolle, daß man das Feuer wieder anzünde, das sie hatten ausgehen lassen, oder ob es die Mühe nicht lohne, oder auch, ob er die Absicht habe, am nächsten Tag auszureiten, und wo es dann hingehe, beim Reden blickte sie auf die durchscheinenden Trauben in einem Korb oder auf eine Fliege, die endlos eine von der Sonne gewärmte Fensterscheibe hinauf- und hinunterkrabbelte, schließlich dachte er, sie sei schon immer dagewesen, manchmal war es sogar, als erinnere er sich, wie sie ihn auf Schritt und Tritt getragen hatte, und an die schwingende Weite ihrer Röcke, er dachte an seine Kindheit in den Hügeln, erinnerte sich an lange blaue Röcke und leichte

Sandalen an braunen Füßen, stellte sich das Glück vor, das noch möglich war, eine letzte Süße, Geflüster und Arme, die ihn umschlangen, sagte sich, daß die Zeit keine Bedeutung habe, nie mehr haben würde, noch sonst irgend etwas. Er schaute sie an, vergaß, begriff, daß er vergaß, die allzu tolle Liebe und das für immer fortgegangene Kind, die ersten und die letzten Umarmungen und die großen Fresken, die ihn nicht überleben würden, in der sauren Feuchtigkeit der Kirchen Tag für Tag verblichen, vollendet oder unvollendet, das Werk würde mit ihm sterben, nichts würde bleiben von der Liebe, der Lust und den Tagen, die er daran gesetzt hatte, die Welt neu zu erschaffen, alles, alles würde verschwinden außer den Zeichnungen und Entwürfen und den drei Bildern, die er bis hierher gebracht hatte, für ihn wie für sie kam das Ende, was blieb denn, woran sie wirklich hätten denken, wonach sie sich hätten sehnen können, wie man sich nach einem Hafen oder dem Glück der ersten Träume sehnt, und was hatten sie je anderes ersehnt als die Tage, die noch kamen und nur noch kommen konnten, ja, worin unterschied sich ihr Dasein denn jetzt, beide würden sie willig und im Einverständnis mit dem Tod sterben, ohne Erinnerung und Reue davongehen, er stellte sie sich vor, wie sie am letzten Tag neben ihm stand, aufrecht, halb verdeckt von den Bettvorhängen, die Hände auf den Falten des Rocks und das Gesicht im Schatten der Haube, nur ihre Wange würde schimmern in dem spärlichen Licht, das zu dieser Stunde ins Zimmer drang, und vielleicht der Rand der Lippe, dort, wo das Fleisch sich noch sanft wölbte, regungslos und ohne noch etwas zu sagen, würde sie ihm beim Sterben zusehen, er stellte sie sich vor, frühmorgens, ihre Züge gezeichnet und die durchscheinenden Lider blau vor Müdigkeit, reglos und stumm, ganz aufrecht in ihrem grauen Kleid, im fahlen Morgenlicht würde sie ihn sterben sehen. Es war, als ob sie verstünde, sie saß ihm gegenüber auf dem Hocker, kaum gebeugt von der Müdigkeit, sie schaute ihn an, die Sonne lag hell auf Wange und Schläfe, das Auge glänzte in dem Licht, das von den Terrassen stieg, der Tag ging zu Ende, jeder der Tage in diesem endlosen Sommer, dem letzten, dachte er plötzlich, meist sahen sie sich an, ohne etwas zu sagen, wenn sie redeten, verstanden sie sich kaum. Wenn ihr Lächeln sich verzögerte, fragte er sich, warum.

Die Tage wurden kürzer, um vier entzündete sie die Kerzen, er griff zu Papier und Stiften, fing wieder an zu zeichnen, wenn seine Hand zitterte, schaute er dem Zittern zu, legte sie dann auf den Tisch, beobachtete die Hand, die Leere und die Stille, die Müdigkeit, die abends immer zur selben Stunde kam. Sie redeten über die zitternde Hand und die immer gleichen Zeichnungen, er hörte sie, die Schüler und den Diener und die, die ihn noch besuchen kamen, sich um ihn herum am Kamin niederließen, Italien heraufbeschworen, erzählten, daß man sich, nachdem die inneren Kriege beendet waren, nun gegen den Türken wandte und wie der Papst höchstpersönlich, mit nackten Füßen durch die Straßen laufend, die Fürsten dazu trieb, sich gegen ihn zu vereinen, sie betrachteten die drei Gemälde, die anatomischen Studien oder auch die Treppen des großen Schlosses, sie bewunderten, erinnerten sich, sprachen über das Werk, er hörte ihnen zu, nickte zu ihren Bemerkungen, nicht von ihm sprachen sie, sondern von einem anderen, an den er sich noch erinnerte, wenn sie kam, bat er sie, ihnen einen Glühwein oder mit Milch und Zucker verquirltes Eigelb zu bringen, sie brachen bald wieder auf, sie wollten ihn nicht länger ermüden, sagten sie, später erst, wenn sie unter dem Gewölbe hindurchritten und sich auf ihren Pferden über die Felsen entfernten, spürte er Müdigkeit und Trauer sich wie ein böses Fieber auf ihn senken, er sprach von Trauer und Müdigkeit, oder vielleicht von etwas, das Trauer und Müdigkeit ähnelte. Schlichte Einsamkeit, bitter und süß zugleich.

Der Tod kam, nicht das fürchtete er am meisten, sondern die immer eingeschränkteren Bewegungen, und daß der Körper nicht mehr derselbe war, und die kommende lange und schlaflose Nacht, er hätte sich nachtlose Tage gewünscht, und daß der Himmel bis zum Ende licht wäre, er zögerte das Schlafengehen lange hinaus, und wenn er oben angekommen war, stieg er wieder hinunter, entzündete Talglichter und Kerzen, zog den Stuhl über den Boden und setzte sich ans Feuer, das noch brannte, er stocherte zwischen den Holzscheiten, fuhrwerkte mit Schaufeln und Feuerböcken herum, machte soviel Lärm, daß sie schließlich herunterkam, sie hätte ihn gehört, sagte sie und fragte, ob er etwas brauche, sie zog das Wolltuch über der Brust zusammen, zwei helle Flechten umrahmten ihre Wangen, er sah sie an im Licht der Kerze, die sie in der Hand hielt, bevor sie sie abstellte, um in einer Truhe nach etwas zu suchen, das sie ihm zu essen oder zu trinken anbieten könnte, wenn sie es ihm hingestellt hatte, zögerte sie noch einen Moment, fragte, ob er sicher sei, daß er nichts mehr brauche, legte ein Scheit ins Feuer zurück, schürte es noch ein wenig, prüfte, ob alle Türen verschlossen waren, dann stieg sie wieder hinauf.

Es gab einige solcher Nächte in der Übergangszeit zwischen Sommer und Herbst, in der Zeit, bis der Winter kam und er sich an die langen Nächte, an die Kälte und Traurigkeit der Jahreszeit gewöhnte.

Sie sagte, die Kraniche flögen tief und der Winter

würde streng, sie habe die Schloßwächter auf den Felsen mit Büchsen auf Vögel schießen sehen, sie brieten sie auf Steinen. Sie setzte einen Kessel mit Birnen aufs Feuer, sagte, daß man in der Stadt zwei Männer ausgepeitscht hatte, die vor Saint-Denis bettelten, von Bettlern und Lumpengesindel sprach sie, von solchen, die in Ketten die Gossen säuberten und Gräben aushoben, von denen, denen man ein Ohr abgeschnitten hatte, weil sie gestohlen hatten, die Jahreszeit war hart, es lagen schon Tote am Fuß der Mauern. Er hörte ihr zu, löste kleine mailändische Perlen in Zitronensaft auf, verrührte sie zu einem Teig, drehte fingernagelgroße Kugeln daraus, die er mit einem Kalzedon polierte und auf einen silbernen Faden zog.

Als sie eines Tages von der None zurückkam, schenkte er ihr die Perlenkette. Sie legte sie an, bedankte sich und ging, um Kräuter zu holen, in den Garten hinunter. Hinter dem Ausfalltor blieb sie stehen, wandte sich um und schaute zur Küche hinauf. Beim Zurückkommen sagte sie, daß es zu regnen anfange, ein lauer Regen, der von den Hängen herzog. Sie sahen dem Regen zu, der in großen, lauen Tropfen fiel, sie sprach vom Winter, der kam. Sie bedankte sich noch einmal für die Perlenkette, dann stieg sie hinauf, um sich schlafen zu legen.

Sie war über die Terrassen hereingekommen, er erinnerte sich an das schleifende Geräusch der Pantoffeln auf dem Boden und an den kalten Luftzug, als sie die Tür aufgestoßen hatte, einen Moment mußte sie gezögert haben, dann hatte er ihr Gesicht gesehen, das sie in den Türrahmen schob, bevor sie eintrat. Er hatte die Küche an diesem Abend gar nicht verlassen, war nicht einmal hinaufgestiegen und dann wieder heruntergekommen wie manchmal in der letzten Zeit, er hatte gesagt, er bleibe noch ein bißchen, er sei noch nicht schläfrig. Er würde nicht mehr lang bleiben, hatte er hinzugefügt. Und dann mußte er am Feuer eingeschlafen sein, vor Bewegungslosigkeit und In-die-Flammen-Schauen eingeschlummert, denn als die Tür geknarrt hatte, war er aufgefahren und hatte den kalten Luftzug gespürt, er hatte die Augen aufgemacht und sie gesehen, zögernd blieb sie reglos auf der Schwelle, als wäre es die Schwelle eines fremden Hauses, er hatte nicht verstanden, warum sie jetzt, da sie heruntergekommen war und ihn geweckt hatte, dort stehen blieb, ohne sich zu rühren, und kein Holz aufs Feuer warf oder hineinblies noch ihn fragte, was er brauche und warum er denn nicht schlafen gegangen sei. Als er unten geblieben war, hatte sie nichts gesagt, hatte sogar kaum gezögert, war die Treppe nur etwas langsamer hochgestiegen, sie hatte ihm gute Nacht gewünscht und war in ihre Dachkammer gegangen wie an den anderen Abenden auch, er hatte die letzten Geräusche in den Zimmern gehört, dann hatte er nichts mehr gehört, er erinnerte sich an die Stille im Haus, an die Zeit, die vergangen war, bevor er einschlief, der Mond schien noch auf die Terrassen, aber man sah ihn nicht mehr von der Küche aus, er mußte über dem Wäldchen stehen, er sagte sich, sie müsse dort oben die ganze Zeit gewartet, auf die Geräusche im Haus und auf den Augenblick gelauscht haben, wo er die Treppe hinaufsteigen würde, um schlafen zu gehen, und sich dabei gesagt haben, daß sie hinuntergehen müsse, daß sie, wenn sie in dieser Nacht nicht sprechen würde, nie sprechen würde, vielleicht war sie sogar vor lauter Warten und Zaudern ihrerseits eingeschlafen, und als sie später erwachte, hatte sie sich erinnert, hatte an den erleuchteten Fenstern gesehen, daß er immer noch in der Küche war, und begriffen, daß sie zu ihm hinuntergehen mußte, und so war sie oben auf die Galerie hinausgetreten, dann durch den Wachturm herabgestiegen, unten hatte sie auf dem Boden zwischen den Schatten der Eiben und der kleinen Buchsbäume längs der Grundmauern das Licht aus den Fenstern zittern sehen, es blieben noch eine, vielleicht zwei Stunden bis zum Anbruch des Tages.

Ganz aufrecht, ganz schmal in ihrem Nachtgewand war sie dort erschienen, so schmal, hatte er gedacht, fast unsichtbar in der Dichte des Stoffs, daß man, abgesehen von Gesicht und Hals über dem ordentlich zugeknöpften Kragen, hätte vergessen können, daß unter dem Gewand ein Körper war, und sei es der erschöpfte und ausgemergelte Körper einer alten Frau. Nichts war zu erraten, das gestärkte Gewand wirkte in seiner erstaunlichen Helligkeit, dem matten Weiß des abgenutzten Stoffs, als stünde es von selbst auf dem Boden.

Sie bat ihn, ihr zu verzeihen, sagte, sie wolle nicht stören, aber wie er finde sie keinen Schlaf, und weil sie ihn doch seit einiger Zeit schon um etwas bitten oder vielmehr ihn etwas wissen lassen wolle, was einen Gegenstand betreffe, der ihn angehe, habe sie sich erlaubt, zu kommen und ihn davon zu unterrichten. Sie habe mit niemandem darüber gesprochen, weder mit den Schülern noch mit dem Diener, er würde verstehen und es für sich behalten, sie bitte ihn darum, wie sie ihn auch bitte, ihr ihre Offenheit und vielleicht auch Rücksichtslosigkeit zu verzeihen, denn es war vielleicht Rücksichtslosigkeit, so zu reden.

Erschöpft, wie sie war, sei es nicht unmöglich, daß sie als erste gehen würde, sie sage das nicht, um sich zu beklagen oder weil sie ihn hätte verpflichten wollen, sie sei nicht unglücklich hier, und sie habe in dieser Hinsicht nichts zu beklagen, aber nichts sei mehr so wie früher, es sei nötig, daß er das wisse, abends, wenn sie schlafen gehe, und morgens, wenn sie aufstehe, spüre sie zugleich mit der Erschöpfung einen Schmerz in der Brust und ihre Beine trügen sie nicht mehr, ehrlich gesagt, sehe sie den Moment kommen, wo sie ihm nicht mehr würde dienen können, es falle ihr schwer, so zu reden, sich zu sagen, daß sie ihn enttäuschen würde, sie hoffe, er würde verstehen.

Während sie sprach, drang der Geruch nach erloschenen Feuern und altem Stein bis zu ihnen, und von der anderen Seite des Waldes trug der Wind den modrigen Geruch nasser Erde her, über Nantes und Angers mußte der Regen angefangen haben, in höchstens zwei Tagen würde er mit den Morgennebeln hier sein, abends um fünf würde in grauen, undurchsichtigen Schwaden die Dunkelheit von der Erde aufsteigen, der Sommer war so heiß gewesen und die Hitze hatte das Ende der Dinge überstürzt, es war ein merkwürdiges Jahr, schon vor dem Herbst war die Traurigkeit da gewesen. Der Tag würde bald anbrechen, bleich und grau, gegen den Horizont zu gab es noch Aufhellungen wie in der milden Jahreszeit, eine Lauheit, eine Art Atempause. Auch er war erschöpft und konnte sie verstehen, doch er wußte wohl, daß es nicht das war, worüber sie mit ihm reden wollte, weshalb sie gekommen war. Er schaute sie an. Wie er es jeden Tag getan hatte, seit sie hier waren. Was hatte er all die Zeit anderes getan und woran dachte er in eben diesem Moment, woran anders konnte er jetzt denken, da sie hier war, dargeboten und machtlos, stärker, tausendmal stärker vor dem, was herannahte, als er? Was sie zu sagen hatte, hatte sie noch nicht gesagt, aber er wußte, daß er nicht überrascht sein würde (und noch bevor sie gesprochen hatte, wußte er, daß er sich, solange er lebte, erinnern würde, daß ihm dieses Bild der kleinen Frau in ihrem weißen Gewand jeden Tag vor Augen stehen würde, die sich in einer Anstrengung ihres ganzen Körpers, ihres ganzen Denkens daran wagte, zu sagen, was sie zu sagen hatte, beherzt, innehaltend und neu ansetzend, fortfahrend, während sie immer noch die Kerze in der Hand hielt, die sie entzündet hatte, um herunterzukommen, Gesicht und Lider vom zitternden Licht, von der Schlaflosigkeit ausgehöhlt, er sah den dichten Schatten der Erschöpfung, der weiter unten auf der Wange die Lippen umschloß).

Jetzt wolle sie noch etwas anderes sagen. Etwas Schwierigeres, aber vielleicht könne er es verstehen, denn es sei weder Leichtfertigkeit noch Wahnsinn oder Anmaßung, sondern etwas, worüber sie lange nachgedacht habe. Sie war eine alte Frau und seine Dienerin, und sie war zu ihm gekommen mit dem Gedanken, nützlich zu sein. Ihre Sätze waren kurz wie ihr Atem, sie hielt inne und holte lange Luft, stand nackt und unsichtbar in der Dichte des Stoffs regungslos in der Tür, seit sie eingetreten war, hatte sie, verschüchtert wie eine Fremde vor einer unbekannten Behausung, kaum einen Schritt vorwärts getan, dann sagte sie, die Augen schließend und in einem Zug, so wie man das letzte Stück eines Wollstrangs aufwickelt, den Rest.

Es sei für den Fall, daß er sie noch brauche, nachher, später, sagte sie. Wenn sie nicht mehr da sei. Ja, wenn sie tot sei, sagte sie noch einmal und ihre Stimme wurde fest, wenn sie tot sei, könnte sie vielleicht noch einmal, ein letztes Mal, zu etwas nutze sein? Sie bewegte sich, fast unmerklich, schob wohl ein Bein vor oder wollte es vorschieben unter dem Gewand aus grobem Stoff, aus derselben dichten, schweren Leinwand, aus der sie die Laken und Lappen für sie zuschnitt, wollte wohl in die Mitte der Küche kommen, zu ihrem Platz neben dem Tisch, wo sie ihre Mahlzeiten zubereitete und auftrug, es war, als kehre, während sie ihm nun in die Augen sah, unter die strenge Weite des Nachtgewands nach und nach die Bewegung zurück, sie sei seine Dienerin, sagte sie, und ihm ergeben bis zum letzten Tag, sie kenne sein Interesse für das Forschen und die Zeichnungen, sie hatte sie gesehen und wisse, was es damit auf sich hatte, sie dachte, daß, kurz, sie habe sich in der letzten Zeit gesagt, daß, wenn sie erst tot wäre, sie vielleicht noch nützlicher sein würde als zu ihren Lebzeiten, vielleicht würde er sie dann noch einmal brauchen, das war es, was sie sagen wollte.

Mit beiden Händen den Stoff des Hemdes an sich pressend, ging sie in der Küche auf und ab, redete, redete, hatte sie in ihrem ganzen Leben zusammengenommen schon je soviel Worte zu sagen gehabt? Er dachte, sie würde nicht mehr aufhören können, sie würde sich immer weiter forttragen lassen, diese Nacht und alle kommenden, sie hatte zu lange geschwiegen, sie würde reden bis zum Umfallen, sie würde sterben vor Reden, hier vor ihm in dieser Küche, die ihr Heim war, mit ihren hellen Ziegelwänden und den Fenstern, durch die sie abends auf die Felsen sah, und doch war es, als sie sprach, als dauere die Stille fort, als steuere sie mit aller Kraft auf das Schweigen zu, auf die Dunkelheit, auf jenen Ort und jenen Augenblick, wo sie wieder allein war, unbekannt, ganz ruhig und hoffnungslos.

Und war denn nicht er schon im Begriff, ihr zu antworten? Indem er schwieg, sie nur ansah, war er nicht schon dabei, ihrer Frage zuzustimmen, dieser Bitte, die sie sich Abend für Abend in ihrer Dachkammer vorgestellt hatte, sie, die nie etwas erbeten hatte, weder Stoff für Kleider noch einen Tuchmantel noch irgendeinen Ruhetag außer Sonntag und den Feiertagen, noch irgend etwas anderes, er sagte nichts, konnte nichts sagen, er sah sie durch die Küche auf und ab gehen, fragte sich, wann und wie der Gedanke ihr gekommen war, und, nachdem er ihr gekommen war, in welchem Moment sie es sich in den Kopf gesetzt hatte, mit ihm darüber zu sprechen, wie hatte der Gedanke Tag für Tag, Nacht für Nacht sich seinen Weg gebahnt bis heute, heute nacht, wo sie den Mut gehabt hatte, herunterzukommen und dann, erst einmal heruntergekommen, bis zum Ende zu gehen, zu sprechen, ihm den Gedanken, die unglaubliche Bitte anzuvertrauen, wie man manchmal – und das Leben ist schon fast zu Ende – in einer letzten Anstrengung von sich wirft, was schließlich allzu schwer auf einem lastet, ja, wann und wie hatte sie den Gedanken gehabt und dann genährt, an welchem Abend, welchem Morgen hatte sie sich gesagt, daß sie zu ihm kommen und so mit ihm reden wollte, wie sie es gerade tat. Er erinnerte sich an die rasch abgebrochenen Bewegungen auf ihn zu, an die Blicke, die plötzlich hinter den Lidern verschwanden, und das Schweigen, das darauf folgte, das störrische, das bittere Bedürfnis zu schweigen.

Sie ging zu ihrem Hocker und setzte sich an den

gewohnten Platz, das Feuer war erloschen und er konnte sie jetzt kaum noch sehen, nur das weiße Gewand tauchte aus dem Schatten auf und manchmal, wenn sie sich zu ihm wandte, ein Jochbein oder das Ende einer Flechte, die blasse, fast perlmuttfarbene Locke, zu der sich die Haare am Ende des Zopfs drehten. Sie faltete die Hände über den Knien, und er fand sie wieder, erkannte sie wieder, sie hatte nie sagen müssen, was in ihr vorging, weder ihr Erstaunen noch ihre Verwirrung, selbst ihre Mißbilligung nicht, es war jetzt, als denke nun er es, als hätte sich der gequälte Gedanke, der eines Abends im Leben der alten Frau aufgetaucht war, von weither seinen Weg bis zu ihm gebahnt. Er dachte an die Toten in den Spitälern in Mailand und Rom, an die geöffneten Leiber, an die Zeichnungen, die auf den Tischen herumlagen und die Hefte und große Foliobände füllten, an die nackten Männer, die auf den Tischen in unsichtbare Frauen eindrangen, Männer mit hellen Augen und triumphierendem Geschlecht, die in Frauen mit unsichtbaren Gesichtern eindrangen, nur der Bauch und die Gebärmutter im Moment des Eindringens und der Befruchtung war dargestellt, Männer und unsichtbare Frauen, die endlos penetriert und befruchtet wurden. Er stellte sich vor, wie sie sich zum Sterben schmückte, sich wusch, frisierte und das schönste Nachtgewand anzog, das am wenigsten verblichene, abgenutzte, dessen Faltenwurf durch die Stärke edler wirkte, sah sie sich zurechtmachen wie für die Hochzeit, er stellte sie sich vor, dargeboten, unterworfen, er dachte an Unterwerfung. Ja, wenn sie sterbe, wenn sie jetzt mitten unter ihnen aus dem Leben scheide, und natürlich, wenn er es wolle, könne er tun, was ihm beliebte, mit ihr verfahren, wie er mit den anderen verfahren war, mit denen, das wisse er wohl, denen sie glich.

Bei den Ställen hörten sie den Steinkauz, dann bellte hinter den Scheunen ein Hund. Vor den letzten Pappeln in Richtung Artigny wurde der Himmel fahl und Wind kam auf, jagte das Laub über die Terrassen. Der Morgen würde klar sein, ohne Wolken und Nebel, ein heller Novembermorgen. Er schaute sie an, er sah sie unten auf der Wiese mit dem Esel und dem Idioten, und wie sie an klaren Morgenden die Allee heraufkam, wie sie ihnen am Tag danach im Geklapper ihrer Kessel und Pfannen den Rücken zukehrte, sie ein paar Tage lang nicht beachtete, dann mit raschelnden Röcken auf ihn zukam und ihm mit einem sehr sanften Lächeln einen Bratapfel oder ein Glas leichten Rotwein reichte.

Denn glich sie ihnen nicht (sie schaute ihn an, hörte nicht mehr auf, ihn anzuschauen, selbst wenn sie Atem holte und im Sprechen innehielt, schaute sie ihn noch an), glich sie nicht jenen, die er tief unten im Keller aufgeschnitten und ganze Nächte lang betrachtet hatte, den Greisen, Kindern, bei der Geburt gestorbenen Frauen, die bei niemandem und ohne jemanden gestorben waren, der gekommen wäre oder eines Tages kommen würde, um nach ihnen zu fragen, von allen unbeachtet und der Einsamkeit der Spitäler und dann der Friedhöfe überlassen, zum letzten Mal unterworfen und bedeutungslos wie im

Graben ertrunkene Kühe, wenn die Weiher über die Ufer traten. Hatten sie das nicht gemeinsam, das war es, was sie ihm sagen wollte, jene und sie, die ihm hier sogar diente, die niemanden kannte und nie jemanden kennengelernt hatte, vom Leben nur das der anderen erfahren hatte, die anderen hatte leben und lieben, verführen und weinen sehen, die jeden Tag in ihrem Namen die Lebensspuren weggeputzt, ihre schamlos besudelte Wäsche gewaschen hatte, sie nachts in den Armen anderer hatte sterben hören und am Tag in glänzender, reich verzierter Seide auferstehen sehen und dann von neuem auf Blicke, Liebkosungen und auf die Worte warten, die sie bis zum Abend aufrecht erhielten, wo hinter den Vorhängen noch einmal alles von vorn anfangen würde mit dem Leben und mit dem Tod. Sie, die aus anderen Gründen auf die Nacht wartete, auf Stumpfheit und tiefen Schlaf. Sogar ohne sie anzuschauen, sah sie sie. Wußte von ihnen und ihren Geschichten alles, was es zu wissen gab. Sie gab ihren Körper, bot ihn an, ein letztes Mal würde er studieren, wie eine Frau gemacht war, die sich abgemüht hatte und alt war, eine Frau, die daran gewöhnt war, auf nichts mehr zu warten noch zu hoffen als auf das Ende der Dinge, und die so lange dieselben bedrückenden, traurigen Erinnerungen wiedergekäut hatte, bis sie nicht einmal mehr Angst vor dem Sterben hatte, er würde nicht auf die Müdigkeit und das Alter achten, er würde sie erbärmlich und mit zerzaustem Haar sehen im Schein der Kerzen, die bis zum Morgen brannten, wie sie in dieser Nacht in der Küche brannten, er durfte nicht darauf achten, wer hätte sie denn frisieren und zurechtmachen sollen, wie man es mit den Toten tut? Ja, sagte sie, was sollte sie auf einem Friedhof verwesen, es war keine Lästerung, was sie sagte, und Gott würde es verstehen. Dann, als sie fertig war, als sie das letzte Wort gesagt hatte und wußte, daß kein anderes mehr kommen würde, kommen konnte, fing sie leise an zu weinen.

Sie schwiegen, lange schwiegen sie, als er sich zum Fenster umwandte, sah er den weißen Himmel hinter den Terrassen, sie saß auf ihrem Hocker und hielt den Kopf gesenkt. Sie hatte sich nicht gerührt, aber er bemerkte eine Bewegung, etwas, das von ihr ausging und mit einem kaum wahrnehmbaren Wispern die Luft um sie verrückte. Ihr Herz mußte laut klopfen, ein letztes Aufwallen, ein Wort, das noch zu sagen war und nicht gesagt würde. Dann schloß sich der Raum wieder um sie, wie das Wasser um das Heck der Fährboote, die den Fluß hinabfuhren. Reglosigkeit und die Dichte des Schweigens. Nichts mehr rührte sich, sei es verrückt oder nur gestreift. Eine Katze hob den Kopf und schlief wieder ein, den Kiefer der Länge nach auf eine Pfote ausgestreckt. Einen Augenblick lang gab eine Wolke die Sonne frei, ein Licht drang in die Küche, nicht gelb, nicht grau, berührte das Holz des Tischs und den Boden um sie herum, weiter weg krähte ein Hahn. Er hörte sie ruhig atmen. Durch den oberen Teil der Fenster schaute sie in den weißen Himmel mit den dunkel gesäumten Wolken im Westen über den grauen, bleiernen Massen, die am Horizont klebten, eine Weile verharrte sie so und sagte dann, es werde regnen. Von den Hängen herab kamen die ersten Geräusche des Tages, die Gespanne und der Schritt von Mauleseln auf dem Felsenweg, das Leben fing wieder an. Sie schaute ihn an und lächelte, fragte ihn, ob er jetzt seinen Kaffee wolle.

Es regnete jeden Morgen, jeden Nachmittag, den ganzen November platzte der Himmel vor Wasser, heftige Schauer fegten über den Himmel wie im Frühling, es regnete bis Advent, der Fluß schwoll an, sie sagte, er werde die Insel und das Viertel Bout-des-Ponts überschwemmen. Sie reparierten die Dachrinnen, dichteten Luken und Kaminöffnungen ab, das Wasser lief über die Wände, sie rieben die Wände, die beschlagenen Fenster trocken. Sie schlossen sich tief in den Sälen ein, hörten das Wasser über die Dächer herfallen und manchmal eine Art Gewitter, ein schweres, laues Unwetter von der Sologne her. Wenn der Regen stärker wurde, redeten sie laut, schrien und wiederholten sich, dann schauten sie sich nur noch wortlos an und schwiegen die ganze restliche Zeit. Die Hunde bellten die Türen an. So kam der Winter. Der zweite und letzte Winter.

Dem Anschein nach hatte sich nichts verändert, sie ging im Haus hin und her, beschäftigt wie gewöhnlich, aber lebhafter, ungeschickt und sich an Truhen oder an Bettkanten stoßend, bei einem zu schnellen Schritt verfingen sich ihre Röcke am Griff einer Tür und zerrissen mit einem Ruck, eine ganze Woche sprach sie nicht mit ihnen, schaute sie nicht einmal an, sie sahen sie um den Kamin fuhrwerken, wo sie das Feuer schürte und schürte, die Glut unter den Töpfen verteilte, in einer Art letztem und langem Kampf ungeduldig den Tisch von Abfällen und leeren

Gläsern befreite, mit einem Tuch abwischte, deckte. Müde mußte sie sein und Mühe haben, Schlaf zu finden, vor dem Kamin aß sie ihre Sauermilch und ihren Haferbrei, die Züge gezeichnet und die Lider grau, mehr denn je aus dem Fenster schauend, nach draußen, mit all ihren Kräften und schweigend verkündend, daß die Welt anderswo war. Er sah sie wieder vor sich, wie sie in der Tür stand in ihrem weißen Gewand, aufrecht und schmal und so lange reglos. Er dachte an die Zeit, die noch blieb, fragte sich, wer von ihnen, sie oder er, zuerst sterben würde. Es war, als warteten sie, sie wußten eigentlich nicht worauf, sie wußten nur, daß irgend etwas kam. Die Schüler schwiegen, er sagte sich, daß sie verstünden.

Wenn es aufhörte zu regnen, stieg sie auf den Felsen hinauf. Sie sahen sie den Pfad hinter den letzten Häusern einschlagen, auf einem Stein oder einem Baumstumpf Atem holen, sie blieb einen Augenblick stehen, schaute auf die grauen Dächer, die dunkle Linie der Wälder weiter weg bei Pont-Levoy und an Tagen mit Westwind sah sie zu, wie die Schiefersteine aus Trélazé flußaufwärts geschifft wurden, graubraune Tartane, die großen quadratischen Segel wie auf Karavellen, wenn sie mit Rückenwind fuhren. Sie hielt sich nicht lang dort auf, bald sahen sie sie mit kleinen Schritten herabsteigen, mit einer Hand ihre Haube oder ihre Röcke festhalten, in die der Wind fuhr. Sie blieb stehen, ein letztes Mal schaute sie den Fluß hinunter zum Meer hin. Wenn sie zurückkam, ging sie zum Kamin, hob einen Deckel, murmelte etwas, das sie nicht verstanden, holte die Decke heraus, stellte die Näpfe, das Wasser, den Wein, das Brot darauf. Bald darauf brachte sie ihnen das Essen.

Eines Abends sahen sie am Vorbau einen Mann auf seinem Maulesel, er kam von den Felsen herab und mußte über den Hang gekommen sein, von den ersten Wäldern her, mit der Mütze in der Hand war er unter dem Gewölbe stehen geblieben. Dann hatten sie Battista zur Küche hinaufgehen, von dort mit ihr zurückkommen sehen. Sie hatten einen Augenblick miteinander geredet, der Mann, der, als er sie sah, von seinem Maulesel gestiegen war, und sie, die sich noch die Hände an ihrer Schürze abtrocknete, während sie ihn, den Mann, anschaute, der redete und mit leiser Stimme erzählte, warum er gekommen war, dann das Haus, die Terrassen anschaute, als hätte sie sie noch nie gesehen, und sie anschaute, die den Hof durchquerten und über die Galerie in ihre Zimmer gingen, am Schluß die Augen senkte und von ihm Abschied nahm oder ihn vielmehr entließ, ihm zu verstehen gab, es sei an der Zeit, daß er dorthin zurückkehrte, von wo er gekommen war. Ihm dankte für die Mühe und den ganzen Weg bis hierher.

Am nächsten Tag fing der Regen wieder an, sie hörten das Wasser und den Wind in Böen gegen die Fensterscheiben schlagen, hörten das Grollen im Kamin, sie kauerte sich vor den Herd und drehte den Bratspieß, er sah den Rücken und den müden Nacken und den Saum der Röcke, der in die Asche und den Staub der Holzrinden hing.

Ohne sich umzuwenden, sagte sie, daß sie fort müsse. Daß sie, mit seiner Erlaubnis, morgen, am Montag, aufbrechen werde. Sie würde nicht lange wegbleiben, es sei eine Sache von Tagen, sie bitte ihn nur darum, ihr soviel Zeit zu geben, wie sie für Hin- und Rückweg brauchte, in drei Tagen, vielleicht vier, nicht mehr, sei sie zurück. Sie habe, sagte sie noch, das Haus geputzt und Essen für die Zeit ihrer Abwesenheit vorbereitet, die Kessel und Platten im Keller gefüllt, sie bräuchten es für ihr Mittag- und Abendessen nur langsam auf der letzten Glut aufzuwärmen, schließlich habe sie diesen Morgen noch feinstes Mehl zu Teig geknetet und die Brote in den Ofen geschoben. Sie erinnerten sich nicht, gehört zu haben, wie sie in ihre Dachkammer hinaufstieg, wenn sie später daran dachten, sagten sie sich, daß sie nicht geschlafen, daß sie die Nacht in der Küche verbracht hatte und erst in der Morgendämmerung hinaufgestiegen war, um hastig die Sachen zusammenzupacken, die sie mit sich nahm, und dann gegangen war. Der Sohn war tot, sagte sie. Sie wäre zurück, sobald sie ihn begraben hätte.

Sie hatte nicht gewollt, daß sie sie fuhren. Nicht einmal gesagt, wohin sie ging, als sie unter dem Vorbau hindurch war, hatte sie sich umgewandt und zu ihnen hingeblickt, sie hatten Notre-Dame-des-Grèves und Saint-Denis zur Frühmesse läuten hören, dann hatten sie sie weggehen sehen mit ihrem braunen Stoffbündel, ihrem Umhang aus alter Wolle über dem Sonntagskleid, der Ziegenfellmütze und den Schnürstiefeln, die er ihr geschenkt hatte. Es regnete, schnell und mit kleinen Schritten war sie dem Hang gefolgt, auf der Ostseite den Fluß entlanggegangen, sie wußten nicht, wohin, alles, was sie wußten, war, daß sie in Richtung der Täler ging, nicht sehr weit, hatte sie gesagt, und daß sie in zwei oder drei, allerhöchstens vier Tagen zurück wäre, die Zeit, um den Sohn zu begraben.

Sie warteten auf sie. Den ganzen Dezember und Anfang Januar. Dann kam die Kälte wieder, packte mit einem Schlag Land und Fluß, der Himmel wurde blau, er sah in den Himmel, in das klare Blau des Winterhimmels.

Eines Morgens bat er, ihm sein Pferd zu satteln, und ritt los. Der Fluß strömte schnell und durchsichtig dahin, regungslos glitten Möwen in dichten Scharen über die Strömung, der weiße Stein eines Kirchturms glänzte in der Sonne, im blauen Winterhimmel, das Pferd trabte leicht, über das Leben, über den Tod, am anderen Ufer sah er einen Ochsenkarren und dahinter ein Kind auf seinem Esel, noch weiter weg Hunde, die bellend hintereinander herjagten.

Es war Februar, kurz vor der Fastenzeit, als sie die Nachricht von dem Schlosser hörten, der im Winter durch die Wälder zog. Er hatte sie auf der Straße nach

Souvigny getroffen, es war spätnachmittags und kalt, nach den Regenfällen war ein Nordwind aufgekommen, der müde Schritt war ihm aufgefallen, das nachgezogene Bein, auch der Hund, eine so alte Frau und einen Hund, das sah man gewöhnlich nicht auf diesen Straßen, sie hatten geredet, sie hatte gesagt, daß sie zum Fluß gehe und zum Haus des Herrn zurückkehre, sie hatte dem Wald ausweichen wollen, sie fürchte sich vor dem Wald und sogar vor kleinen Gehölzen, hatte sie gesagt, also habe sie einen großen Umweg über die Täler gemacht, sie war viel weiter gelaufen, als nötig gewesen wäre, das war alles, was sie über sich selbst gesagt hätte, und dann hatte sie über den Hund gesprochen, sie kenne ihn nicht und wisse nicht, wo er herkomme, hinter den letzten Häusern der Täler hatte er angefangen, ihr nachzulaufen, abends hatte sie ihn weggejagt, aber am nächsten Morgen war er wieder da gewesen, er mußte sich quer durchs Gehölz geschlagen haben und hatte sie wiedergefunden, als sie die Höfe in den Weinbergen verließ, wieder war er hinter ihr hergelaufen, ein wenig abseits, weiter weg auf der Böschung, wie um sich unsichtbar zu machen, sie hätte ihn behalten, was sollte sie sonst tun, sagte sie, sie leisteten sich Gesellschaft, sie sprach langsam, mit leiser Stimme, abends machten sie zusammen in einer Scheune Halt und aßen das Brot, das sie aus ihrer Tasche zog und in die Milch tunkte, die man ihnen gab, nachdem die Kuh gemolken war, sie bitte um Entschuldigung für die Umstände, sagte sie, aber sie würden nicht stören, im Morgengrauen wären sie fort, sie atmeten den Geruch der Höfe, schliefen aneinandergeschmiegt im Stroh oder im Heu der Scheunen, und im Morgengrauen gingen sie fort, sie in ihrem Umhang aus alter Wolle, schmal, so schmal, daß man sie in der Weite der Falten kaum sah, und er mit seinem Geruch nach nassem Hund, der unaufhörlich hinter ihr her trottete. Als der Schlosser sie gefragt hatte, warum sie diesen ganzen Weg zu Fuß machte und nicht auf einen der Karren stieg, die zum Fluß hinabfuhren, hatte sie gesagt, es sei nicht zum ersten Mal und sie wüßte, was Laufen sei. Sie senkte die Augen, wenn sie redete, ihm waren die Schnürstiefel aus schönem Leder aufgefallen und der Schmutz am Saum ihrer Röcke, ihre vor Kälte roten, aufgesprungenen Hände, die Perlenkette. In Artigny war er zum Wald weitergegangen, sie hatte gesagt, sie werde hinter den Weinbergen zu dem Fährmann gehen, sie würde ihn bitten, sie bis zu den ersten Felsen hinunterzufahren, von dort, hatte sie gesagt, würde sie den Fluß entlanglaufen und vor der Nacht bei dem Herrn sein.

Den Rest habe er von den Leuten aus Artigny erfahren, als er auf dem Rückweg durch das Dorf kam. Es war der Hund, sagte er, der sie aufmerksam gemacht hatte, er hatte um Mitternacht zu bellen angefangen und dann weitergebellt, er hatte die ganze Nacht gebellt, sie hatten den Hund bis in die Täler gehört und noch weit hinter den Weinbergen gegen den Fluß zu, der Hund heulte dicht bei ihr in der schwarzen Nacht, in der bitteren Kälte, der Hund verbellte den Tod, und Schlimmeres als den Tod, hatten die Leute von den Höfen gesagt. Der unbekannte Hund, den sie jeden Tag gefüttert hatte, seit sie ihm begegnet war, und der sie eine ganze lange Nacht lang, die letzte, am Hang der Weinberge bewachte, reglos zuerst, dann zog er Kreise um sie, winselte, heulte, als ob er nie mehr aufhören würde, in den Himmel, in die Tiefen der Erde oder die furchteinflößenden Wälder, heulte die Nacht, heulte den Tod an, während der Regen in dichten, scharfen, eisigen Tropfen zu fallen begonnen hatte, der Regen der schlimmen Tage, der schlimmen Gedanken, wenn alles für immer zu Ende war.

Von den Höfen waren sie mit Kerzen gekommen, hatten die sterbende Frau auf der Böschung angeschaut, in ihrem Umhang und den nassen Schnürstiefeln, deren Sohle der Länge nach abgerissen war und die rote, violette Haut freigab, aufgeschwollen wie das Leder, die Schnürstiefel aus schönem Leder, die er ihr im Jahr zuvor geschenkt hatte und die sie nie mehr ausgezogen hatte, selbst bei der großen Hitze nicht. Sie hatten sie in ihren nassen grauen Röcken sterben sehen, die Hand an der Perlenkette, still, bescheiden, so hatten sie untereinander gesagt, als hätte sie bis zum letzten Moment gefürchtet zu stören, sie hatten sogar den Eindruck, daß sie lächelte.

Aus dem Fluß stieg ein kalter Nebel, durchdringend wie Regen, gegen fünf Uhr abends packte ihn das Fieber. Er bat um seinen Pelz, um ihn über die Knie zu legen, oder auch, man solle ihm ein Feldbett herunterbringen, und blieb in der Küche, um am Feuer sein Fieber auszuschwitzen. Er schaute aus dem Fenster, als der Nebel sich hob, er sagte, daß der Nebel sich hob, er schaute der Sonne zu, die auf die Felsen schien und dann verschwand. Er hörte die Pferde im Stall und weiter weg auf dem Hang die Hunde bellen. Er sah weite Röcke mit ihren Falten und den Schatten in den Falten, und manchmal weiter oben auf dem Mieder und dem Arm ein Licht. Hände und Hände. Bleiche Nacken unter der Haube, ein grauer Zopf, der den Rücken hinabfiel. Er bat, ihm Papier zu bringen, er versuchte noch zu zeichnen, aber die Hand gehorchte nicht mehr. Er sah einen Engel mit hellen Augen, auf den Knien neben Christus in seinen schillernden Falten, er wandte sich ab und schaute auf etwas oder jemanden, den man nicht sehen konnte, feuchter Blick und die leicht geschwollenen Lider von Kindern, die man aus dem Schlaf reißt. Alles war manchmal so großartig gewesen, und Sterben hatte keine Bedeutung mehr.

Er bat darum, den Notar zu rufen, und ordnete seine Angelegenheiten kurz vor April. Dem Schüler Salaï vermachte er die Weinberge an der Porta Vercellina, die er von Sforza hatte, dem Schüler Melzi die Hefte und die Zeichnungen, Tausende. Fanfoïa die Möbel der Häuser in Empoli. Battista, dem Diener, den schwarzen Tuchmantel. Der Tod war keine große

Sache, sie sprach jeden Tag von ihm, wenn sie sich ans Fenster setzte. Er sagte sich, daß er auf den blauen Himmel warten würde, um zu sterben. Daß der Himmel bald blau sein würde.

Michèle Desbordes, geboren in einem Dorf in der Sologne, aufgewachsen in Orléans, hat in Paris studiert, in Guadeloupe und Paris unterrichtet und leitet heute die Universitätsbibliothek in Orléans. Sie lebt in Beaugency an der Loire. *Die Bitte* entstand 1996/97.

Die wilden, seltsamen Romane:

MICHEL HOUELLEBECQ
Ausweitung der Kampfzone *Roman*
Ein heftig umstrittener Roman, der die Öffentlichkeit polarisierte und zum Kultbuch wurde: Michel Houellebecq beschreibt die um Liebe reduzierte erotische Kampfzone der modernen Welt.
»Ein emblematisches Buch der neunziger Jahre.«
Thierry Chervel, *Süddeutsche Zeitung*
Aus dem Französischen von Leopold Federmair
Quart*buch*. Gebunden. 160 Seiten

MANUEL VÁZQUEZ MONTALBÁN
Kaiser oder nichts *Roman*
Ein Roman über Macht und Schicksal, Erfolg und Charisma großer historischer Persönlichkeiten. Über die Skrupellosigkeit der Herrscher und die folgsame Treue der Beherrschten:
Der katalanische Kardinal Rodrigo Borgia wird 1492 zum Papst gekrönt und begründet die berüchtigte Herrschaft der Borgias.
Aus dem Spanischen von Theres Moser
Quart*buch*. Leinen. 360 Seiten.

SANTIAGO GAMBOA
Verlieren ist eine Frage der Methode *Roman*
Ein unglaublich spannender Roman, mit großer Leichtigkeit geschrieben: »Neben García Márquez ist Gamboa der bedeutendste kolumbianische Autor« Manuel Vázquez Montalbán
Aus dem Spanischen von Stefanie Gerhold
Quart*buch*. Gebunden. 324 Seiten

LAURA PARIANI
Das Schwert und der Mond *Roman*
Die Inka-Prinzessin Chimpu Ocllo aus Cuzco in Peru hat einen Sohn mit einem spanischen Eroberer: Gómez, genannt »der Inka«. Er wird zum ersten Geschichtsschreiber des Andenvolkes.
Eine Familiengeschichte über zwei Kontinente, in drei Generationen. Ein erstaunlicher Erstlingsroman aus Italien.
Aus dem Italienischen von Annette Kopetzki.
Quart*buch*. Leinen. 240 Seiten

ANDREA CAMILLERI

Der unschickliche Antrag *Roman*

Ein höchst komischer Roman aus Sizilien über die Wirren, Intrigen, Verhaftungen, Morde und Liebesdramen, die ein einfacher Antrag auf ein Telephon auslöst.

»Italiens neuestes Erzählwunder – ein großer Fabulierer und begnadeter Erzähler vor dem Herrn.« Peter Michalzik, *Focus*

»Schon lange habe ich kein derart amüsantes Buch mehr gelesen. Und ich lese fast nur Bücher, bei denen es etwas zu lachen gibt.«

Michael Schulte, *Die Woche*

Aus dem Italienischen von Moshe Kahn

Quart*buch*. Gebunden. 280 Seiten

ANDREA CAMILLERI

Die Mühlen des Herrn *Roman*

Der neuste, in Italien enthusiastisch aufgenommene Roman von Andrea Camilleri: In seinem mittlerweile berühmt-berüchtigten Sizilien wird, um die Staatskasse zu betrügen, sogar über Nacht eine ganze Mühle abgebaut.

Ein eifriger Inspekteur, eine schöne Witwe, ein sündiger Pfarrer und natürlich ein gerissener Mafioso: jeder will etwas anderes, keiner entkommt den Mühlen des Herrn.

»Die weit mehr als vergnüglichen sizilianischen Romane von Andrea Camilleri werden auch bei uns begeisterte Leser finden.«

Duglore Pizzini, *Die Presse*

Aus dem Italienischen von Moshe Kahn

Quart*buch*. Gebunden. 224 Seiten

ERMANNO CAVAZZONI

Gesang der Mondköpfe *Roman*

Ein selbsternannter Hygieneinspektor untersucht Hinterhöfe mit Brunnen. Dort wohnen die Mondköpfe, schrullige Leute, die unerhörte Geschichten erzählen (und veranstalten). Hier endlich erscheint Cavazzonis erster Roman auf deutsch, die Vorlage für Federico Fellinis wunderschönen, poetischen Film Die Stimme des Mondes.

Aus dem Italienischen von Marianne Schneider

Quart*buch*. Gebunden. 300 Seiten

NATALIA GINZBURG

Alle unsere Gestern *Roman*

Die Geschichte, wie aus dem pummeligen Mädchen Anna eine starke, selbständige Frau wird – und das anrührende Portrait des alten Italien. Oder: wie die Menschen miteinander umgehen in schwierigen Zeiten.

»Das Buch wirkt, als sei es in einem Atemzug geschrieben, und ist einer der sehr wenigen schönen Romane, die in Italien in der Nachkriegszeit erschienen sind.« Luciano Foà

Von Maja Pflug neu durchgesehene Übersetzung

Quart*buch*. Leinen. 336 Seiten

JAVIER TOMEO

Napoleon VII. *Roman*

Ein rabenschwarzer Roman mit den neusten Nachrichten aus Javier Tomeos Reich der innigen, aber gestörten Menschenliebe: Napoleon, Herrscher über eine Etagenwohnung mit Balkon und Fernsehen.

»Dieser Roman warnt uns vor dem Napoleon, den wir alle in uns tragen, dem lächerlichen Herrscher, für den wir uns alle von Zeit zu Zeit halten.« Ernesto Ayala-Dip, *El País*

Aus dem Spanischen von Fritz Rudolf Fries

Quart*buch*. Gebunden. 128 Seiten

LUIGI MALERBA

Elianes Glanz *Roman*

Wie soll der moderne Mann von Welt es nur anstellen, die schöne Eliane zu erobern, seine Konkurenten in der Firma loszuwerden und einen anonymen Verfolger zu entlarven?

Luigi Marlerba richtet seinen ironischen Blick diesmal auf den Manager einer Lackfirma und auf die moderne Geschäftswelt, in der eigene Wahrnehmung, fremde Anforderung und verbliebene Träume ach so weit auseinanderliegen.

»Der neue Roman von Luigi Malerba ist ein einzigartiger komischer Thriller: spannend und geheimnisvoll.«

Paolo Mauri, *La Repubblica*

Aus dem Italienischen von Moshe Kahn

Quart*buch*. Gebunden. 192 Seiten

Mit einem SVLTO unterwegs

Casanovas Venedig
Ein Reiselesebuch von Lothar Müller
Ein reich bebildertes Buch, in dem man – zuhause bei der Lektüre oder unterwegs durch Kanäle und über Brücken – die Anlegestellen findet, um in das Venedig Casanovas überzusetzen.
SVLTO. Rotes Leinen. 128 Seiten mit zahlreichen Abbildungen

CARLO EMILIO GADDA
Die Wunder Italiens
Der Klassiker der modernen italienischen Literatur zeigt uns die Geheimnisse seines Landes – von den lombardischen Reisfeldern bis zu entlegenen Dörfern der Abruzzen.
Aus dem Italienischen von Toni Kienlechner
SVLTO. Rotes Leinen. 128 Seiten

VIRGINIA WOOLF
London Bilder einer großen Stadt
Sechs meisterhafte Prosabilder der berühmten Schriftstellerin aus einer melancholischen Metropole. Ein Buch über das London zwischen den Weltkriegen – für Reisende, die wissen möchten, was noch da ist.
Aus dem Englischen und mit einem Nachwort von Kyra Stromberg
SVLTO. Rotes Leinen. 96 Seiten mit vielen Photos

Neapel Eine literarische Einladung
Wer das heutige Neapel mit den Stimmen seiner Schriftsteller kennenlernen will: hier kommt die Richtigstellung!
Herausgegeben von Dieter Richter
SVLTO. Rotes Leinen. 144 Seiten mit zahlreichen Photos

LEONARDO SCIASCIA
Mein Sizilien
Ein Buch für den Sizilienliebhaber: Miniaturen über das Sizilianische, den sizilianischen Don Giovanni und eine unmögliche Hauptstadt, über Luftschlösser und die Schlösser des Tomasi di Lampedusa, über die sizilianischen Küsten und die Dörfer am Ätna.
Aus dem Italienischen von Martina Kempter und Sigrid Vagt
SVLTO. Rotes Leinen. 144 Seiten mit Photos

RAMÓN GÓMEZ DE LA SERNA
Madrid Spaziergänge
Die schönsten Seiten Madrids in seiner besten Zeit, beschrieben von einem Kenner und leidenschaftlichen Bewunderer: Serna, Schriftsteller und seinerzeit intellektueller Mittelpunkt Madrids, als kundiger Führer.
Ausgewählt und mit einem Nachwort von Fritz Rudolf Fries
Aus dem Spanischen von Gerda Schattenberg-Rincón
SVLTO. Rotes Leinen. 144 Seiten mit zahlreichen Abbildungen

KLAUS WAGENBACH
Kafkas Prag Ein Reiselesebuch
Ein Portrait der literarischen und biographischen Orte Kafkas in seiner Heimatstadt, in Text wie Bild.
»Ein wunderschönes Buch, der Kritiker weiß nicht, wo er mit dem loben und Bewundern beginnen soll.
Genauigkeit in der Übereinstimmung von Text, Abbildungen und Stadtplänen, die Sorgfalt, mit der Wagenbach seine Stadtreise betrieben hat, ist das beste an dem Buch. Sie hebt es über andere Reisebücher weit hinaus.« Hans Scherer, *Frankfurter Allgemeine Zeitung*
SVLTO. Rotes Leinen. 128 Seiten mit vielen Photos und vier Stadtplänen

Rom Eine literarische Einladung
Mit einem Vorwort von Luigi Malerba
Luigi Malerba bittet in seinen römischen Salon: Italienische Schriftsteller schreiben in oder über Rom und geben zugleich einen Einblick in die Entwicklung der neueren italienischen Literatur.
Herausgegeben von Margit Knapp
SVLTO. Rotes Leinen. 144 Seiten mit vielen Photos

Wenn Sie mehr über den Verlag und seine Bücher wissen möchten, schreiben Sie uns eine Postkarte. Wir schicken Ihnen gern die ZWIEBEL, unseren Jahresalmanach mit Lesetexten aus unseren Büchern, Photos und Nachrichten aus dem Verlag. Kostenlos, auf Lebenszeit!

Verlag Klaus Wagenbach Emser Straße 40/41 10719 Berlin

Die französische Originalausgabe erschien 1998 unter dem Titel *La Demande* bei Editions Verdier in Lagrasse/Paris.

Dieses Buch erscheint im Rahmen des Förderprogramms des französischen Außenministeriums, vertreten durch die Französische Botschaft in Berlin.
Cet ouvrage, publié dans le cadre du programme de participation à la publication, bénéficie du soutien du Ministère des Affaires Etrangères, représenté par le Service culturel de l'Ambassade de France à Berlin.

7.– 8. Tausend im August 2000

Umschlaggestaltung: Groothuis & Consorten unter Verwendung eines Ausschnitts aus *Leda mit dem Schwan* von Leonardo da Vinci (Kopie eines unbekannten Künstlers, Galleria Borghese, Rom)
Gedruckt und gebunden von Clausen & Bosse, Leck
Bucheinbandstoffe von Herzog, Beimerstetten

ISBN 3 8031 3147 2